[美]費滋傑羅

大亨小傳

喬志高／譯　林以亮／導讀

桂冠圖書

費滋傑羅(Scott F. Fitzgerald, 1896～1940)

與乃父合影。

普林斯敦(Princeton)大學時期的費滋傑羅。

費滋傑羅本人是個十分嚴厲的父親。

費滋傑羅攝於1933年。

費滋傑羅攝於Algonquin Hotel外。(1937年，紐約)

觀覽寰球文學的七彩光譜

——《桂冠世界文學名著》彙編緣起

吳潛誠

早在一八二七年，大文豪歌德便在一次談話中，提到「世界文學」（Weltliteratur）一詞，並宣稱全球五大洲的文學融會成一體的時代已經來臨。他說：

> 我喜歡觀摩外國作品，也奉勸大家都這樣做。當今之世，談國家文學已經沒多大意義；世界文學紀元肇生的時代已經來臨了。現在，人人都應盡其本分，促其早日兌現。

歌德接著又強調：文學是世界性的普遍現象，而不是區域性的活動。因此，喜愛文學的人不宜劃地自限，侷促於單一的語言領域或孤立的地理環境中，譬如說，德國人不可只閱讀德國文學，英國人不應只欣賞英文作品；相反的，人人都應該從可以取得的最優秀作品中挑選材料，作爲自己的文學教育；而天下最優秀的作品自然未必全出自自己同胞之手。歌德心目中的世界文學不啻就是全球文學傑作的總匯，衆所公認的經典作家之代表作的文庫。

那麼，什麼是經典作家？或者，什麼是經典名著的認定標準呢？法國批評家聖・佩甫（Charles-Augustin Sainte-Beuve, 1804～1869）在〈什麼是經典〉一文中所作的界說可以代表傳統看法：

> 真正的經典作者豐富了人類心靈，擴充了心靈的寶藏，令心靈更往前邁進一步，發現了一些無可置疑的道德真理，或者在那似乎已經被徹底探測瞭解了的人心中再度掌握住某些永恒的熱情；他的思想、觀察、發現，無論以何種形式出現，必然開濶寬廣、精緻、通達、明斷而優美；他訴諸屬於全世界的個人獨特風格，對所有的人類說話，那種風格不依賴新詞彙而自然清爽，歷久彌新，與時並進。

諸如以上所引的頌辭，推崇經典作品「放諸四海而皆準，百世以俟聖人而不惑」，具有普遍而永恒的價值，在國內外都有悠久的歷史；但在後結構批評興起以後，卻受到強烈的質疑。概略而言，解構批評、新馬克思學派、女性主義批評、少數族裔論述、後殖民觀點等當前流行的批評理論，基本上都否認天下有任何客觀而且永恒不變的眞理或美學價值；傳統的典範標準和文學評鑑尺度也是一種文化產物，無非是特定的人群（例如強勢文化中的男性白人的精英份子），在特定的情境下，遵照特定的意識形態，爲了服務特定的目的，依據特定的判準所建構形成的；這些標準和尺度無可避免地必然漠視、壓抑其他文本——尤其是屬於女性、少數族群、被壓迫人民、低下階層的作品。因此，我們必須重新檢討傳統下的美學標準以及形成我們的評鑑和美感反應的那些基本假設和「偏見」。

沒錯，文學作品的確不會純粹因爲其內在價值而自動變成經典，而是批評者（包括閱讀大衆）和權力建制（諸如學術機構）使然。譬如說，現今被奉爲英國小說大家的喬治・艾略特（1819～80），直到一九三〇年代仍很少被人提起；美國小說家梅爾維爾（1819～91）的作品曾經被忽略長達一甲子之久；浪漫詩人雪萊（1792～1822）在新批評當令的年代，評價一落千丈；布雷克（1757～1827）因爲大批評家傅萊的研究與推崇，在一九四〇年代末期才躋入大詩人行列……

這是否意味著文學的品味和評鑑尺度永遠在更迭變動，毫無客觀準則可言呢？馬克思曾經頗感納悶：產生古希臘藝術的社會環境早已消逝很久了，爲什麼古希臘藝術的魅力仍歷久不衰？當代馬克思批評家伊格頓（Terry Eagleton）曾經嘗試爲此提供答案，他反問：「既然歷史尙未終結，我們怎麼知道古希臘藝術會永遠保有魅力呢？」

我們不妨假設伊格頓的質疑會有兌現的可能，那就是說，歷史的巨輪繼續往前推動，社會發生了劇烈改變，有一天，古希臘悲劇和莎士比亞終於顯得乖謬離奇，變成一堆無關緊要的思想和感覺方式，與方今習見的牆壁塗鴉沒啥分別。不過，我們是否更應該正視古希臘悲劇已經流傳了兩千年，在不同的畛域和不同的時代，一直受到歡迎的事實？

不僅古希臘悲劇，西洋文學史上還有不少作家，諸如但丁、喬叟、塞萬提斯、莎士比亞、密爾頓、莫里哀、歌德等等，長久以來一直廣受喜愛，這多少可以說明人類的品味有某種程度的共通性和持續性吧？再說，曾經長期被奉爲經典的作品，必已滲入廣大讀者的意識中，甚至轉化成集體潛意識，對於一國的文學和文化發展產生相當大的影響，欲深入瞭解該國之文學和文化，則不能不尋本溯源，探究其經典著作。例如，《詩經》對於漢民族的文學和文化的影響幾乎難以估計，不提《大學》、《中庸》、《論語》、《孟子》之類的儒家經典曾大量援引「詩云」以闡釋倫理道德；連我們今天所習見的橫匾題詞，甚至四字一句的「中華民國國歌」歌詞，（意欲傳達肅穆聯想）都可和《詩經》牽上關係。

退一步來說，儘管典範不可能純粹是世上現有的最佳作品之精選，而且有其不可避免的附帶弊端，但卻不失爲文學教育上有用的觀念。簡而言之，典律觀念肯定某些作品比其他作品更有價值，更值得仔細研讀，使一般讀者在面對從古到今所累積的有如恒河沙數的文學淤積物時，不致於茫茫然，不知如何篩選。早在十八世紀，法國大文豪伏爾泰（1694~1778）便曾提出警告：「浩瀚的書籍，正在使我們變得愚昧無知」，英國哲學家湯瑪斯・霍布斯（Thomas Hobbes, 1588~1679）也曾經詼諧地挖苦道：「如果我像他們讀那麼多書，我就會像他們那麼無知了。」喜歡閱讀而不重抉擇的讀者能不警惕乎？

那麼，什麼才是有價值的值得推薦的文學傑作？或者，名著必須符合什麼標準呢？文學的評鑑標準自來衆說紛云，因爲文學作品種類繁多，無法以一成不變的規範加以概括，有些作品甚至以打破傳統規範而傳世。我們勉強或可分成題材內容和表達技巧（形式）兩方面，嘗試提出幾則評鑑標準，以供參考：

西方文論自古以來一直視文學爲生命的摹仿或批評，推崇如實再現人生眞相的作品。當代批評則質疑再現（representation）論，認爲所謂的人生經驗其實也是語言建構下的產物，寫實主義充其量只可當做文學俗套的一端。然而，無論如何，以語文作爲表達媒體的文學藝術，其內涵必定多少與人生經驗有所關聯（不可能，也不必要像音樂或美術那樣追求純粹美感）。我們姑且假設人生的眞相是一束光譜，光譜的一端是純粹紀錄事實的紅外線，另一端則是純粹幻想的紫外線，當中紅、橙、黃、綠、藍、靛、紫等深淺不同的顏色代表寫實成分濃淡不同的文學作品。白色光呈現在各顏色之中，但各顏色只是白光的片斷而已。人生眞相或眞理就像普通光線一樣，尋常到處都有，但卻非肉眼所能看見。文學家透過虛構形式的三稜鏡，將光切斷，並析解成各種顏色，好讓讀者得以具體感受到光的存在。那就是說，無論使用什麼文學體式或表現手法，自然主義也好，象徵主義、表現主義、後現代主義也好，史詩也好，悲劇、喜劇、寓言、浪漫傳奇、科幻小說也好，愈能讓讀者感受到生命存在的基本脈動，便是愈有價值的上乘作品，而在刻劃或呈現方面，其深廣度、強烈度或繁複程度又有卓著表現者，殆可稱爲偉大文學。

舉例說，《哈姆雷特》一劇涉及人世不義、家庭倫理（夫妻、兄弟、母子關係）的悖逆、以及王位纂奪所導致的社會不安，多種因素互相牽動，同時兼具有道德、心理、政治方面的涵意，故宜列爲偉大著作。托爾斯泰的《戰爭與和平》以巨大的篇幅，刻劃諸多個性殊異的角色，躬逢拿破崙時代戰爭的轉變和短暫的和平，呈現了人生的基本韻律：少年與青年時期的愛情、追求個人幸福和功名方面的失足與失望、時代危機、以及歷經歲月熬鍊所獲致的樸實無華的幸福和心靈上的平靜，這部鴻篇鉅作當然也該列爲名著。

合乎上述標準的虛構作品，在閱讀之際，也許會讓人暫時逃離現實人生；但讀畢之後，必會使人更有智慧去看待不得不面對的人生。那也就是說，嚴肅的文學傑作必須具備教育啓發功能，擴大讀者的想像和見識空間，使他們感覺更敏銳、領受更深刻、思辨更清晰……但這並不意味著文學作品必須提供黑白分明的眞理教條；相反的，經得起時間考驗的佳構，往往以反諷的語調，揭示生命中的矛盾，告訴讀者：所謂的眞理或價値其實大多是局部的、不完美的，有賴其他眞理或價値的修正補充。例如，但丁的《神曲》表面上的確在肯定信仰，但細心的讀者不難發現它骨子裡隱含有反諷成分。

具備敎誨功能的文學作品，對於社會文化必會產生深刻持久的效應，乃至於有助於形塑整個國族的集體意識，或徵顯所謂的「時代精神」，這一類作品理當歸入傳世的名著之林。例如，沙弗克力斯的《伊底帕斯王》、西班牙史詩《熙德之歌》便是。

評鑑文學作品當然不宜孤立地看題材／內容／意涵，而須一併考慮其表達技巧／形式／風格，唯有達到一定的美學效果，才有資格稱爲傑作。此外，在文學發展史上佔有承先啓後之功，不論是開啓文學運動或風潮，刷新文學體式，別出機杼，另闢蹊徑，手法戛戛獨造，技巧出神入化，形式完美無缺者，亦在特別考慮之列。例如法國象徵主義詩人馬拉美的詩篇，寫實主義的典範屠格涅夫的《獵人日記》、福婁拜爾的《包法利夫人》，心理分析小說的巨構《卡拉馬助夫的兄弟們》、把意識流敍述技巧發揮得淋漓盡致的《燈塔行》，首創魔幻寫實的波赫斯之代表作皆屬此類。

《桂冠世界文學名著》基本上是依據上述的評選標準來採擷世界文學花園中的精華（不包括中文著作），但也不敢宣稱已經網羅了寰球文苑的奇葩異草，因爲這套書所概括的範疇，時間方面上下緜延數千年，空間上橫貫全球五大洲，筆者自知學識有所不逮，雖曾廣泛參酌西方名家所編纂的書目，也設法徵詢各方意見，但亦難免因爲個人的偏見和品味，而有遺珠之憾；另一方面，由於必須配合出版作業上的考慮，先期推出的卷册，一仍既往，依舊偏重歐、美、俄、日的古典和現代作品，希望將來陸續補充第三世界的代表作和當代的精品，以符合世界文學名著的全銜。

匯編這套以推廣文學暨文化教育爲宗旨的叢書，原則上自當愼重其事，講求品質；但同時也得衡量現實的條件：諸如譯介的人才和人力、社會讀書風氣、讀者的期待與反應等等，這也就是說，一套名著的出版，不純粹只是理念的產物，同時也是當前國內文化水平具體而微的表徵。一味好高騖遠，恐怕亦無濟於事。

這套重新編選的《桂冠世界文學名著》還有一個特色，那就是每本名著皆附有一篇五千字左右的導讀，撰述者儘可能邀請對該書素有研究的學者擔任；他們依據長期研究心得所寫的評析文字，相信必能幫助讀者增加對各名著的瞭解，同時增添整套叢書的內容和光彩。謹在此感謝這些共襄盛舉的學界朋輩和先進，以及無數熱心提供意見和幫助的朋友。最後，還請方家和讀者不吝指教，共同促進世界文學的閱讀與欣賞。

費滋傑羅和「大亨小傳」

林以亮

1

一九二五年十二月卅一日，艾略特匆匆寫了一封信給司各特・費滋傑羅，向他道謝贈閱「大亨小傳」的好意，並解釋他遲遲沒有作覆的理由：遵醫囑而出門旅行。這封信中有兩句話值得我們錄下：

「……可是我已讀了三遍。我可以說：好些年來，不管是英國的也好，美國的也好，這是我所見到小說中最令我喜歡和起勁的新作品。

「等到我有空時，我願意更詳細的向你說明：這本書究竟好在什麼地方，爲什麼這麼出色。事實上，我認爲這是美國小說自從亨利・詹姆斯以來第一部代表作……」

「大亨小傳」出版之後，費滋傑羅友人中不乏慧眼之士，寫信稱讚這本小說，書評中也有不少文章說他因此書而終於成爲大作家，可是沒有一個人像艾略特說得這樣痛快淋漓！

一個文學批評家的偉大與否，有兩種能力可以測驗。其一是他有沒有本事拿本國重要的詩人的次序加以重新評定和排列，另一個就是他有沒有能力判斷與他同時的作家的價值。前者是他是否可以力排衆議並創造新的價值觀念，例如王國維的境界說，安諾德的推崇華滋華斯等等；後者則除了修養之外，更需要直覺的判斷力，賢如歌德，對同時代的貝多芬竟不能讚一詞，而濟慈終其一生不能獲得國人的青睞！由這一點看來，艾略特究竟有不可及的眼光，能夠一眼便見到「大亨小傳」的優點，可惜的是艾略特並沒有再寫信詳細加以分析。到了今天，這種讚美之詞自不足爲奇，可是在四十五年前這本書方出版時，這話說得如此恰到好處實在令人佩服！❶

事實上，費滋傑羅本人對這本書也沒有太大的信心。他自己承認這本書寫得「很草率，並不是一氣呵成」，並且還進一步承認它最大的缺點：「在故事發展到最高潮時缺乏感情上的依據。」❷一直要過了十五年，在他去世之前六個月，他才有把握地告訴他女兒：

❶根據 Anbrew Turndull的「費滋傑羅傳」，我們知道費滋傑羅心目中認為艾略特是「當代最偉大的詩人」。一九三三年，他有機會與艾略特一同晚餐，然後在熊熊爐火旁，朗誦了艾略特的幾首詩，據說連詩人也認為他讀得不錯。這些無非說明：費滋傑羅並不是一個不可救藥的浪漫主義者，而是一個能追得上時代潮流的人。他在本書第二章中用荒原（*The Waste Land*為艾略特的力作，出版於一九二二年，公認為二十世紀的史詩，譯文第二十四頁為行文方便譯為「荒地」）來描寫紐約的近郊並不是偶然的。

「到目前為止，我的一點點成就都是花了很大力氣和心血得到的。現在我才知道，如果我能在『大亨小傳』寫成之後立刻說出我的心聲，而不必徬徨和三心兩意就好了：我終於找到了自己的路——從今天起這比什麼都重要。這是我責任所在——沒有了自己的路，我就會空無所有。」

這也難怪他，因為這本書的藝術上的成就是頗難解釋的，連他自己在最後仍不過知其然而不知其所以然。評論和口碑雖然不錯，但並不能產生什麼作用。何況像艾略特那樣獨具慧眼的人並不多，有識之士一時不能領略其妙處的也不乏其人。最有地位的批評家孟肯在他的書評中第一句就指出：「『大亨小傳』只不過是一個美化了的軼事」；另一位名書評家柏德遜（Isabel Paterson）則乾脆稱之為「流行於本季的小說」。更重要的是社會大衆並沒有接受它，使它成為流行一時的名著。這本書的銷路不如理想，一共只銷了兩萬册，遠不如他早期的長篇小說 "*The Beautiful and Damned*"（前譯「美麗與毀滅」，並不十分妥貼，出版前曾在「大都會」雜誌上連載，單行本第一年就銷售了四萬三千册）。費滋傑羅後期的長篇小說：「夜未央」（*Tender Is the Night*），在他生前還未決定最終形式；「最後一個銀壇大王」（*The Last Tycoon*）則更只有一大綱、一點筆記以及預備完全重寫的六章初稿；二者對他的聲名並沒有幫助。他的酗酒和精神崩潰使他備受社會人士的指責，以致一般讀者都把他的私生活和作品混為一談，對他加以漠視，

②見一九二五年他致友人 John Peale Bishop 及友人文學批評家 Edmunb Wilson 的信。

甚至到了一九三九年，「近代叢書」因爲「大亨小傳」沒有銷路而把它從名單中剔除。

嚴格說起來，「大亨小傳」在形式和文筆上並沒有任何創新之處。二十年代在美國文壇可以說是標新立異的實驗時代。作家同時向各種不同的方向摸索。有人企圖以文字來表達近代繪畫的效果（如詩人甘明斯）；有人反而嘗試容納莎士比亞的富麗堂皇的文體於近代小說之中（如吳爾甫）；有人却把中西部的口語發展成爲一種新的語言（如海明威）；有人乾脆少用或不用形容詞（如海明威）；有人一口氣連用五六個長形容詞（如福克納）；有人把形容詞和狀詞混用在一起（如多斯・柏索斯）。在這方面說來，費滋傑羅可以說是相當保守的。除了幾段文字境界高得近於散文詩外，他的文字是平實的，精確的，而這些詩意的片段與其說是賣弄，不如說他性格中近浪漫主義的一面的表現❶。

至於在小說藝術方面，二十年代開始更步入一個刻意求新的時期。有人只寫人物的外表；有人挖掘人物的心靈深處，表達他們的意識流；有人把故事分裂成不連接的片段；有人用倒敍的方法；有人則根本嘗試取消情節。在這一方面，費滋傑羅採取的仍是中庸之道，甚至於可以說不脫寫實主義的窠臼，毫無新穎之處。

這樣一本小說終於在費滋傑羅死後，開始受人注意，與作者的聲名地位越來越受人重視。他

❶費滋傑羅的主要趣味仍是浪漫主義派作家，與他在大學時代所受的教育有關。「夜未央」書名取自濟慈的「夜鶯頌」。他給他女兒的信中，教她：「要寫好散文，必須熟讀名詩人的作品，而技巧最完美的一首詩，可能是濟慈的『聖安格妮斯之夜』。」

的精神分裂的過程和前後所寫的自白文章，他正在計劃寫作中的「最後一個銀壇大王」，以及他最精緻的短篇小說，經他友人威爾遜（Edmund Wilson）的細心編選陸續出書，遂使他的全部作品得以呈現在讀者面前。自一九四〇年後，批評家開始認真研究費滋傑羅並認爲他是美國重要的小說家之一。一九四五年，屈靈（Lionel Trilling）爲新方向出版社的「大亨小傳」的新版所寫的序言中，就名正言順地這樣說：

「費滋傑羅現在開始在我國的文學傳統中取得應有的地位。」

一九五一年，第一册專論費滋傑羅的批評文字集合成書。一九六三年又出版了第二册。這些文章多數公認他爲美國大小說家，而「大亨小傳」更是美國小說中的傑作❶。關於他的專論及回憶錄，陸續出了不少新書，出色的傳記至少有兩册。一九七〇年更出版了他的妻子賽爾妲（Zelda）的傳記，並成爲暢銷書之一。他的聲名和地位可以說如日中天，恐怕不是他生平所夢想得到的。

相形之下，與他同時代的小說家就不免見絀了。卡貝爾（James B. Cabell）現在提都沒有

❶唱反調的人當然也有，蒙大拿州立大學的教授Ledlie Fiedler即指出：「不應因三十年代批評上的疏忽，因而矯枉過正，出於懺罪之心而把他的作品捧上天去。……費滋傑羅有的只不過是一個『第二流的敏感的心靈』，……對小說結構方面沒有什麼才能可言，卻硬給推上前，擠入第一流美國小說家的行列中去。」可是康奈爾大學的Arthur Mizener教授卻是道道地地的費滋傑羅專家。

人提。多斯·柏索斯和斯坦貝克呢，大家不免覺得那時把他們如此推崇，實在有點難以爲情。至於德萊塞和法萊爾，恐怕只有少數死硬派會硬着頭皮爲他們撐腰。剩下來經得起時間考驗的也許只有福克納和海明威。甚至海明威，最近大家對他的看法也開始在改變，因爲一窩蜂的模倣把他的弱點暴露了出來❶。一個向上昇，一個向下降，更造成了費滋傑羅的地位。

話說回來，我們評論一位作家，當然要看他全部作品，但我們不得不承認，在研究費滋傑羅時，應該對「大亨小傳」另眼相看，因爲「大亨小傳」是他建立聲名最重要的支柱。這本書在表面上看來，或許沒有什麼創新的地方，可是它的內容和形式交織成一件精緻的藝術品，很難將二者分割加以討論。費滋傑羅在本書中控制了他的抒情傾向，配合上客觀的觀察，使他流動的文體獲得了實質的肌理。同時，在不知不覺中，費滋傑羅找到了恰到好處的語氣，而這種語氣正是小說家的確當語氣。因此這本書的成功不在內容，也不在形式，而在二者以外的一種情調（Mood）。現在既然喬志高以虔誠的心情拿這本傑作譯成中文，我們應該好好利用這個機會將它分析和欣賞一下❷。

❶費滋傑羅在所有小說家中，和海明威最熟。二人中間有一段淵源和恩怨，其中一節成為文壇上的軼事，在當時對海明威很有利。費滋傑羅在海明威面前一向有自卑感，可是根據海明威的遺稿，我們獲得了新的資料，更進一步瞭解二人中間的關係，看上去海明威未必像表面上那樣立於不敗之地。可惜篇幅有限，有機會當另行為文詳細分析二人交往的經過。

2

「大亨小傳」第一個特點就是它的長度。原作只有五萬字，現在的中文譯文也只有九萬五千字左右。嚴格說起來，它只能算是中篇小說，可是因爲它用的手法是如此之含蓄和精鍊，以致讀起來，仍然像是長篇小說。費滋傑羅的出版人斯克利布納（Scribners）的編輯柏金斯在信中曾指出：這本書所描寫的經驗至少要三倍的字數才能表達得出，這句話一點也不誇張。費滋傑羅一向生活得非常認眞和徹底，往往鑽入到別人的軀殼中去，以致有一位朋友譏笑他，不是他的女兒在伐薩學院讀書，而是他自己。他寫作時也是如此，他拿他整個心靈全部放入到他作品中去，一絲不苟，並且把想像力貫入寫實的細節，創造出一種新的經驗，超過表面上的意義而含有象徵的價值。全書只有九章，可是細讀之下，每一章、每一節、每一句都發生作用，而且另有弦外之音，產生前後呼應、渲染、烘托的功效。因爲他所採取的不是純寫實主義的手法，所以他無須浪費筆墨於枝節的描寫，他所追求的乃是暗示和呼喚出確當的情調、氣氛和神態。因爲他所採取的也不是純象徵的手法，所以他仍借重於具體的事物、對白和時代感，而不至於流入空洞和抽象。「

❷為節省篇幅起見，有關費滋傑羅的生平以及「大亨小傳」的簡短情節只好略而不提。讀者最好能參閱今日世界社：「美國七大小說家」一書中拙譯費滋傑羅一文，該文長三萬餘字，對作者的生平和著作有很詳細的描寫和分析。

大亨小傳」正好把這兩個因素調配勻稱，因此一方面反映出「爵士時代」的精神，另一方面刻劃出人性中永恒的一面。

「大亨小傳」中所用的象徵不勝枚舉：「醫學博士艾柯爾堡」的眼睛，希臘畫家葛雷科的一幅夜景，黛西家的綠燈等等❶。即如「綠燈」，先後一共用了三次：

(一)「不知不覺間我的視線也跟着轉移到海面上去——遠遠的什麼都看不見，只看見一盞綠燈，又小又遠，也許是哪一家碼頭上的標誌，我回頭再去看蓋次壁時，他人已不見，只剩下我一人在這不安的黑夜中。」(原作第一章，譯文第二十一頁)

(二)「要不是霧這麼大我們可以看得見海灣對面你家的房子，」蓋次壁說。「你們家碼頭上每晚總是有一盞綠燈一直點到天亮。」(原作第五章，譯文第一〇〇頁)

(三)「蓋次壁一生的信念就寄託在這盞綠燈上。對於他這是代表未來的極樂仙境——雖然這個目標一年一年在我們眼前往後退。我們從前追求時曾經撲空，不過沒關係——明天我們會跑得更快一點，兩手伸得更遠一點……總有一天——」(原作第九章，譯文第二〇一頁)

❶十幾年前我曾去看了二輪上演的「大亨小傳」電影，以電影而論，不算好也不算壞，可是原作中的象徵，除了「醫藥博士艾柯爾堡」的眼睛以外，在電影中完全不發生作用，變成了寫實的具體事物。蓋次壁幾十件全綢襯衫，一到了銀幕上成了實物，象徵意義全失。這也是說明「大亨小傳」的特點的旁證。

「綠燈」第一次見於開始第一章，再見於正中間第五章，最後見第九章結尾，顯然是出於作者的刻意經營。用綠燈爲象徵不免有點俗氣，可是這幾段文字的語氣恰好表達出它所代表的戲劇性。綠燈一方面暗示將來的希望，把蓋次璧與黛西的私情提升到一個較高的境界，一方面又把整個故事帶回到美國的傳統中去，代表美國的夢想。讀完原作的人可以發現這些若不經意的象徵，在實際上却有極深刻的用意和廣泛的涵義。

再進一步分析，「大亨小傳」中主要人物所居住的房屋也不止是普通的居所：黛西在魯易維爾的住宅；尼克・卡拉威的中西部的祖宅；尼克在西卵鎭租的小平房；右首是蓋次璧的別墅；左首則是黛西和湯姆・勃堪能夫婦的大厦，寫得最生動的是湯姆的情婦梅朶的公寓，寥寥幾筆，把整個時代的氣氛都刻劃出來了。至於主要人物的汽車也有象徵的作用：尼克的舊道奇；湯姆的藍色小汽車；蓋次璧奶油色的「馬戲班的花車」。梅朶的丈夫韋爾生開的是一間車行，最後黛西開蓋次璧的車撞死梅朶，因此送掉蓋次璧的命。這一切都和汽車息息相關。總之，沒有生命的環境和事物，到了費滋傑羅筆下，都有了特殊的意義。正好像曹雪芹在「紅樓夢」中所描寫的怡紅院、瀟湘舘等，或者如第四十九回中所描寫的衆姊妹所穿的斗篷，第七回中的送宮花，其作用絕不止於表面上的描寫，而有「目送歸鴻，手揮五弦」之妙。

還有一個譬喻，可以進一步引伸到「大亨小傳」上去。我們不妨說：「大亨小傳」等於一齣精緻的電影，其長度限制在八千呎左右，九十分鐘內映畢。正因爲一切必須在這短短的一個半小時內交代清楚，每一件小道具、每一件服裝、每一個動作都必須在互相發生關聯的鏡頭內發揮最大的作用。這種前後呼應的地方在原作中比比皆是，稍爲細心一點的讀者就會有目不暇給之感。現在隨便舉幾個例：

（一）第十四頁：黛西告訴尼克家中聽差的鼻子的秘密：他以前在另一家從早到晚擦銀器，結果受不了，只好辭職。這根本是黛西想入非非的玩笑，可是在第九十二頁，黛西來赴約，告訴他車夫的名字爲福第，尼克却反問她：「是不是汽油味道使他鼻子不舒服？」

（二）第七十頁：蓋次璧對尼克說：「後來我就到歐洲各國首都去住了一陣，像東方王子那樣潤綽——巴黎、威尼斯、羅馬——到處收藏珠寶——我尤其喜歡紅寶石——打打獵、學學畫——不過是爲自己消遣而已——同時盡量想忘掉好久以前一件令我非常傷心的事。」

尼克一聽幾乎笑出聲來，因爲蓋次璧在信口開河；威尼斯與羅馬同在意大利，根本不是首都，歐洲首都怎麼可以打獵？所以腦子裏只有一幅畫，一個裹了頭巾的印度「阿三」在巴黎郊外公園裏打老虎。可是三十頁之後，却又有下文：

第一〇〇頁：尼克發現了但・柯迪的大相片，原來但・柯迪眞是蓋次璧的好朋友，不由得不推翻了以前的懷疑，而「想問他要看看他收藏的紅寶石」。這一問給費滋傑羅很技巧地用電話鈴聲打斷了，但尼克的心理轉變過程却在這兩段表面上毫不重要的文字中完全表達出來。

（三）原作中兩次重要的事件發生時，都在下雨。用雨、雪、風等大自然的現象來加強氣氛本是電影中常用的手法，陳舊而俗氣。可是費滋傑羅在黛西和蓋次璧重溫舊夢時利用「傾盆大雨」（第九〇頁起至第一〇四頁止），在蓋次璧下葬時利用「密密的小雨」（第一九四頁），眞可以說是情景交融，並不牽强。

（四）牛津的名字先後出現了不下十次，似乎重複得太多了一點。可是在沒有受過教育的流氓頭子如吳夫山看來，却代表文化、敎養、學問，所以他稱之爲「牛勁」大學。在受過教育的人如湯姆或喬登・貝克看來，則是蓋次璧在吹牛，不足置信。蓋次璧自己口中則是在說往事。其中主要關鍵在第一四一至一四二頁，湯姆質問蓋次璧究竟去過牛津沒有，什麼時候去的，蓋次璧輕描淡寫地答覆：「是一九一九那年，我只在那裏待了五個月，所以我不能說我是牛津畢業的。」湯姆表示不信，蓋次璧繼續補充：「那是停戰以後他們爲我們一些軍官安排的機會。我們可以去任何英國大學或者法國大學讀幾個月的書。」精彩的是尼克的反應：

「我忍不住要走上去在他背上拍他一巴掌表示讚許。我對他的信心又完全恢復，不止是這一次的了。」

除了表示尼克的心理轉變過程，這一段主要目的仍在闡明蓋次璧的性格：在基本上，他是一個誠實的人。儘管有時候他說的話如天馬行空，那並不是他說謊，而是他浪漫性格中的豐富想像力在作祟。

（五）最凸出的一個例子是黛西脖子上的珍珠。我們知道湯姆在「婚禮前一天送了她一串珍珠，據說要值三十五萬塊錢。」（第八十一頁）當天晚上黛西接到蓋次璧的信，喝得爛醉如泥，然後從字紙簍裏亂掏了一會，掏出一串珍珠來。「把這個拿下樓去，是誰買的就還給誰。告訴大家黛西改了主意了。就這麼說：『黛西改了主意啦！』」可是隨後大家用冷水爲她洗澡，把她弄清醒，「半小時後我們走出房間，她脖子上帶了那串珍珠，這場風波才算過去。」（第八十二頁）如果單單看上面兩段，我們還看不出其重要性。到了蓋次璧死後，尼克最後一次和湯姆見面，正在一家珠寶店門口，談了幾句話之後，尼克看透了他的爲人：「我於是跟他拉了拉手；似乎犯不着和他鬪氣了，因爲我忽然覺得自己是在跟一個小孩子說話。後來他走進那家珠寶店——也許去買一串珍珠項鍊——就此把我這鄉下佬的艮心責備攆到九霄雲外了。」（第二〇〇頁）❶把三處的「珍珠項鍊」放在一起看，意義才顯得完整。在湯姆說來，珍珠是唯一可以表示黛西屬他所有的標記，而他只懂得這種方式來買女人的心。在黛西說來，她心甘情願爲這種鎖鍊所綑縛，因爲安全感究竟比不可捉摸的幸福來得實在。看上去，她將會死心塌地做虛榮心的奴隸。到了這裏，讀者，隨着尼克，也就猜得出她的下場了。

由於篇幅的關係，故事並不自黛西和蓋次璧相戀開始，而是在五年之後，所以情節是慢慢揭開的，有時只好借助於倒敍。比較重要的有：蓋次璧向尼克自敍身世（第六十九頁）；喬登・貝克向尼克講黛西與蓋次璧的「一段情」（第八十頁）；因新聞記者的訪問而引起蓋次璧向尼克的補充說明過去（第一〇五頁）。因爲作者採取這種手法，引起了各種意見和批評。伊德斯・華頓

❶這句「珍珠項鍊」下另有：「也許只是一副袖扣」，指吳夫山的「板牙袖扣」，自有重要的象徵意義，此處不贅。

夫人讀了大亨小傳之後，曾寫過一封信說：

「我目前唯一的不滿就是：要使蓋次璧眞正偉大，你應該拿他的早年描繪出來（不是從搖籃開始，而是至少從他到遊艇時開始），不應該像現在那樣寫一段短短的小傳。」

柏金斯對這點也有同感，認爲蓋次璧「太神秘，也太模糊」。

大亨小傳一書中主要人物的性格並沒有發展和變化，只由作者將他們的眞面目逐漸加以揭露。唯一例外是尼克：他從看不起、懷疑、認識、信任到欣賞和佩服蓋次璧是一個有條有理的轉變過程。其餘各人的性格則在一露面時就已成定局。例如黛西雖然可愛，但極其淺薄，唯一不知道她基本缺點的只有蓋次璧一人。

這種寫法引起了別人的批評自不足爲奇，可是也使作者本人舉棋不定。他曾經承認他寫蓋次璧時：「開始時寫的是一個他所認識的人，後來却變成了我自己。」稍後他又改變了論調：

「最大的缺點却是一個非常嚴重的缺點：我並沒有將蓋次璧和黛西二人重逢到闖禍的感情上的反應紀錄下來。」

問題是書的長度限制了篇幅，同時決定了他的表現方式。他不能用一部廿四史從頭說起的寫實主義手法。他寫的只是一個傳奇人物生活中的一段時光，並不是「戰爭與和平」之類的歷史小說。況且事過境遷，小說剛出版時的懷疑和作者本人的動搖心理都已一掃而空。蓋次璧早已成爲美國神話的一部份，讓他保持一點神秘感只有更好，揭開他的底牌反而破壞了全書的情調。至於蓋次璧和黛西二人中間的感情，根本無須詳細描寫，因爲黛西存在於一種感情上的眞空狀態，她的性格根本經不起深入分析，而蓋次璧對她則是一廂情願的想望。二人的關係等於：

我本將心託明月
誰知明月照溝渠

何況黛西既非月亮，更非明月！如果「大亨小傳」有什麼重大的悲劇意義，應該是蓋次璧爲整個美國社會所出賣，而不是一雙愛侶的愛情不能如願以償。作者把重心放在這上面，可見得他寫作直覺一點都沒有錯，至於他聽了別人的意見之後，因此動搖，那是賢者在所不免，無非證明他的批評能力不及他的創作本能。

可是他的創作本能眞是罕見的才能。他利用寫實的細節來豐富原有的象徵手法，例如第六章的這一段：

「她的目光離開了我，去尋求台階上面燈點得雪亮的門口，從裏面正傳出來一隻當年流

行的又甜又苦的小華爾滋調——『凌晨三點鐘』。」（第一一八頁）

這首歌流行於當年，但到現在還能聽到，任何聽過這首歌的人都會覺得它眞正配合了黛西的心境和尼克所想捕捉的氣氛，至於它重新創造出時代的感覺更不在話下。「大亨小傳」以簡單的筆觸刻劃出具體而涵義豐富的場面，使有限的篇幅具有無限的生命，非但値得對小說藝術有興趣的人士研究，更是想了解美國人民和精神歷史的人的重要文獻。

3

「大亨小傳」的另一特點就是敍述觀點：作者在本書中採用第一人稱，一切均自尼克・卡拉威眼光中看出和口中說出來。我們不去管他是受了華頓夫人，還是在不知不覺中受了康拉德的影響，或是發揮亨利・詹姆斯的理論。總之，費滋傑羅選擇了尼克爲敍述人眞可以說是神來之筆，爲大家所津津樂道。連他本人都覺得這是「大亨小傳」成功的關鍵，所以「夜未央」用了全知觀點，自己隱隱覺得不妥，在「最後一個銀壇大王」又再度使用類同的敍述觀點，希望能因此而重振雄風❶。

一部小說採用一個接近事件中心的旁觀者作敍述者當然有其天然的優點，因爲一切都有了固定的關係和適當的距離，同時有許多事因敍述者不在場可以避而不寫。尤其尼克這樣一個人，看人看事有他自己的一套，把他的生活習慣、想法、規則加在週圍的人物上，自然而然產生出一種尺寸來，把碩大無比、亂七八糟的原始資料加以分析、衡量和估計，使生命顯出有意義和有價值。

尼克所代表的却不止是純粹的客觀。他是耶魯大學畢業生，自承「在大學時頗有一點文藝氣味」，可是任何讀者都會看得出本書有很多話絕不是一個文藝青年所能想得出和寫得出的。例如蓋次璧和黛西相見後的一段：

「他拉着她的手。她低低向他耳邊說了幾個字，他聽了忍不住轉身向她，感情如潮水一樣湧上來。我看最使他入迷的是黛西的聲音——那一高一低的聲浪和其中所含的熱情——那是怎樣夢想也想不出來的，她的聲音是永恒之歌。」（譯文第一〇四頁）

這是詩人的筆觸，那裏是文藝青年的口氣？又例如尼克三十歲那一天，正在黛西、蓋次璧、湯姆正式衝突之後，尼克坐着湯姆的車回家，車上不禁感慨起來：

「人生有幾個三十歲——眼前保不住再來十年孤寂的生活，單身的朋友一個個凋零，値

[1] Arthur Mizener教授指出：費滋傑羅在寫作「大亨小傳」前，正在讀康拉德的小說，順理成章借用了他的手法。Malcolm Cowley却在他為「大亨小傳」寫的序中指出：本書的敘述方法，每一章至少含有一場「重頭戲」，然後夾以敘事，這種手法可能借自華頓夫人，而後者又襲自亨利•詹姆斯。

得興奮的事漸漸減少，自己的頭髮也一根一根的稀疏。（這裏原文連用三個thinning，譯文無由表達雙關之音意。）可是坐在我身邊的還有喬登，一個少年老成的女孩，不像黛西那樣傻，把早已忘懷的夢年復一年揪住不放。我們車子駛過烏黑的鐵橋時，她那張慘白的小臉懶懶地依在我肩頭上，她緊緊捏住我的手，三十大壽的這一天也就在這一層溫暖的安慰中度過了。』（譯文第一五〇頁）

這裏所表現的境界和智慧豈是一個年方三十的股票商人所能達到的？其他類似的片段不勝枚舉，即如第三章中有關蓋次璧家中宴會的描寫就令人嘆為觀止。

費滋傑羅這種賣弄才華的小疵也常見於其他作家。曹雪芹有時把他的學問、人生觀、藝術觀無意中在他的主要人物口中透露了出來，讀者們明明知道這種見解絕非這麽年輕的少男少女所能有的。至於尼克就是費滋傑羅本人的化身這一點也不足為奇，因為我們很難分出賈寶玉究竟有多少是客觀的創造，有多少是曹雪芹本人。問題是最後見之於文字的人物是否能令讀者接受和信服，藝術上的成功使一切細節變為次要。

可是連蓋次璧這位主角也是費滋傑羅本人的化身，這也是令本書顯得有深度和更多彩多姿的基本原因。關於這一點，最好的解釋來自費滋傑羅本人，他曾經說道：

「要看一個人是否具有第一流的才能，最好的測驗莫如看他是否能在同一時間內容納兩種互相矛盾的念頭，照樣能繼續思想而不受影響。」

這是費滋傑羅在對他自己精神崩潰的情形所做的分析，正好為「大亨小傳」寫照，因為把自己寫入小說是一回事，能冷靜地保持一個距離却是另一回事；尼克代表客觀的敍述者，蓋次璧代表主觀的浪漫主義精神，如何使這些互相矛盾的因素統一起來，才是本書的秘密所在。

首先，我們知道費滋傑羅有他「文以載道」的一面，在一封給女兒的信中曾經這樣說過：

「……我猜想我心坎中究竟是一個道德家，與其供給讀者以娛樂，不如採取一種可以接受的方式向他們傳播一點為人的道理。」

尼克這樣一個人恰好可以發揮他天性中喜歡講道的一面，可是尼克自有他的看法，並不是隨意月旦人和事的，他是冷靜的，却又能容忍別人，最後並昇華為：憐憫、同情和寬容，使這本書具有第一流文學作品的品質。其次，我們知道費滋傑羅是一個不可救藥的浪漫主義者。同蓋次璧一樣，費滋傑羅是一個來自中西部的窮小子，想盡方法籌得一筆錢，追求心目中的理想愛人。他告訴尼克：「舊夢當然可以重溫」！他是「天之驕子」，因此必須「替天行道」——怎麼樣使尼克看透了蓋次璧表面上的裝腔作勢，發現他的「赤子之心」，才是本書的主題，而本書的過程無非是把這兩個表面上互相排斥的因素合而為一的過程。

在表面上看來，尼克做的是股票生意，當然代表東部，可是在實質上，他仍代表中西部的精神。黛西的毛病就是忘了本，醉心於東部的都市文化和隨以俱來的浮華和腐敗。隱隱中，尼克始終保持他原來的道德標準，用以衡量和批判一切。在第一次會面時，尼克已經看透了黛西的虛偽。蓋次璧雖然住在東部，過的是豪富的生活，可是他仍然是一個來自西部的農家子。如果單就他所從事的活動來說，蓋次璧只是一個「大亨」，與湯姆所代表的財富毫無不同；可是如果說他代表的是一種理想，美德、中西部的純潔，那麼蓋次璧眞是一個「偉人」。問題是眞正能了解到這一步的只有尼克一個人，連蓋次璧本人都不知道自己的價值。只有尼克才看得出：

「他的願望不過如此，眞使我吃驚。難道相思了五年，購置了這麼大的一塊產業，擺出這樣濶綽的場面，不管張三李四都應酬——爲的只是要找個機會哪一天下午到隔壁鄰居家裏來『見一見面』。」（譯文第八十五頁）

他的願望是如此之單純，以致沒有人會信以爲眞。所以尼克可以說是處在一個夾縫中，一方面是一個純眞的夢想，一方面是世俗之見，怎麼樣擺脫世俗的看法，看到一個偉大心靈的眞面目，也就是本書調和矛盾的過程。

從寓意上說，尼克代表的是：理智、經驗、淸醒、現實、歷史；蓋次璧代表的是：想像、天眞、睡眠、夢幻、永恒。尼克可以看到事實的眞相和悲劇性；蓋次璧却運用想像力來改變和創造事實。尼克的性格使他可以看透一切，他不會受到損害，可是他永遠不會快樂。蓋次壁可以體會到人生中的狂歡，可是他的結局註定是悲劇的收場。尼克永遠向後縮，蓋次壁却永遠在追尋着「綠燈」。作者很容易拿二人對立起來，因爲二人代表的正是人類中最優良的典型，可是我們讀「大亨小傳」時，並不覺得有明顯的對比存在，二人中間的關係使我們覺得：與其說他們是對立的矛盾，不如說他們是相輔相成的統一，只有他們二人才眞正站在一起，面對全世界的人，無須覺得自慚形穢！

理由是什麼呢？因爲在寫本書時，費滋傑羅把他自己一部份化身爲尼克——一個通情達理的敍述者；又把自己另一部份化身爲蓋次壁——一個美國神話中的傳奇人物。同時，他又很客觀地把尼克對蓋次壁的觀感和心理轉變過程紀錄下來：從輕視、懷疑、憐憫、同情而欽佩，到最後一面時，尼克對蓋次壁說：

「他們都是混蛋！他們沒有一個人比得上你！」

相信到了此地，所有讀者都會接受這句話，而並不覺得驚異。在這個世界上，輕視、指摘、責罵都是很容易採取的態度，唯有同情和憐憫才能賦予人生的苦難以應有的價值和意義，因此「大亨小傳」雖然在份量上可能只是一部中篇小說，可是在人性的表現上，却具有莎士比亞和「紅樓夢」等偉大作品同樣的慈悲心腸，使它超出同類的作品而具有更普遍的悲劇意義。

即使在介紹費滋傑羅和他的「大亨小傳」時，也時時遇到矛盾。這樣一位作家，因爲他生前因私生活而受人誤解和輕視，死後遭遇到冷淡的待遇，最近則大受注意和歡迎，這裏面是不是有點感情作用？在指出他的特點時，是不是在隨衆附和，犯了矯枉過正的錯誤而不自知？

在最近一年多來，因爲準備介紹「大亨小傳」，讀了不少評論費滋傑羅其人其文的文字，而大多數可以說是一面倒的讚美之詞。有人說「夜未央」實在可以和「大亨小傳」並列爲第一流的美國小說，甚至有人說「最後一個銀壇大王」是描寫美國好萊塢最出色的作品❶。這些當然是題外話。可是有一點事實我們必須接受：美國知識份子對費滋傑羅的重新估價並不是一種時髦的玩意或補償作用，而是非常徹底的探討的結果。美國人認爲費滋傑羅是美國文化發展史中重要的一環，有些大學在課程中規定學生選修「大亨小傳」，不是爲了欣賞文學作品，而是爲了瞭解本國文化。正在草寫本文時，美國伊里諾大學出版社又出版了一册研究他小說的專著：*Milton Stern*："*The Novels of F. Scott Fitzgerald*"，可見美國對他的重視還在方興未艾！

事實上，有很多問題只要經過平心靜氣的分析，根本不成其爲問題。如果費滋傑羅是個浪漫氣質極重的作家，爲什麼不能拿他和其他的浪漫主義作家相比呢？拜倫在世時享譽之隆，遠超過

❶最近看好「夜未央」的人日益增加，海明威就認爲：「夜未央」回味起來越來越好。

費滋傑羅，而他的粗糙的抒情詩却並不見得比費滋傑羅的作品成熟，可是他私生活中的罪惡所引起的反應何嘗沒有影響到他的文名和地位？至於另一位浪漫派大師歌德，在廿四歲寫作「少年維特之煩惱」，與費滋傑羅寫作「塵世樂園」（*This Side of Paradise*）時是同年。在這一階段，二人有很多相同之處：二人都年輕而漂亮；書一出版立刻成名，成爲流行的作家；同時在這個年齡，與其說他們傾心藝術，不如說傾心物質生活；二人又都是他們那一代徬徨苦悶的青年的代言人和象徵。

可是有一點，費滋傑羅顯然與其他浪漫主義作家不同，他採取的是寫實主義的路線，而且他的寫法是把自己寫入他作品中去。也許這是他付出這麼重大的代價的原因。「大亨小傳」有他自己，「夜未央」有他自己，「最後一個銀壇大王」也有他自己，連他爲暢銷雜誌寫的短篇小說都有他自己在內，在他的筆記中曾這樣說道：

「在每一篇故事裏，都有一滴我在内——不是血、不是淚、不是精華，而是更親密的自己，眞正擠出來的。」

這種寫法，不免使我們想起曹雪芹的創作過程：「字字看來皆是血，十年辛苦不尋常。」

稱他是「花花公子」固然是文不對題，稱他爲「爵士時代的桂冠詩人」也不切題，因爲如果一個作家只能反映某一個特殊時代，那麼他的吸引力是有限度的，不可能描繪出人性中永恒的一面。這一點姑且保留，讓時間來作證人，暫時不必下任何結論。但我們必須記牢：終其一生，費滋傑羅盡忠於藝術，在最後的歲月裏仍念念不忘於創造新的作品。尤其是在精神崩潰之後，仍能重新執筆從事創造「最後一個銀壇大王」幾乎可以說是令人難以置信的奇跡。如果我們知道他這時的心理狀態，有如他自己所描寫那樣：

「在靈魂的漫漫黑夜中，每一天都是凌晨三時。」

我們應該對他無比的勇氣和奮鬭精神致最大的敬意！

以上所說可能不免感情用事，但至少有兩點可以用來解嘲：我個人對費滋傑羅發生興趣並不自最近開始，首先把他介紹給中國讀者，自不免流露出偏愛之情；最近我們居然有幸看到「大亨小傳」的中譯，更值得大書特書。

喬志高對「大亨小傳」的中譯處理得非常隆重，事先經過嚴密的考慮，事後在潤飾及校樣時又作了謹愼的斟酌。只要舉一個例子，就可以看出他的認眞，他寫信給筆者說：

譯文第六頁，形容湯姆．勃堪能最初出現，我初譯「兩腿拍開」，自己覺得很生動，可是這種說法根據上海話，在原則上不能通過，改作「分開」似嫌無力。校樣中先改爲「叉開」（意思不完全相同），後又改爲「劈開」，不知究竟對否？

湯姆是個運動員而且相當傲慢，第一次出現的印象非常重要，譯者能夠在這種小地方着眼，其心細如髮可見。

至於譯文的妥貼，可以從前面所引的幾段譯文中看出來，尤其是讀過原文的人更會覺得譯者是在做一件幾乎不可能的工作。費滋傑羅的詩意一發，受罪的人是譯者，那些要命的長句子，譯成中文之後，一口氣讀下來，令你覺得文理通順，眞不知要花掉多少心血。這方面的功力，往往因譯文的流暢而加以忽略，有時非要和原作對照一下，才能發現翻譯時推敲的苦心，例如：

I looked back at my cousin, who began to ask me questions in her low, thrilling voice. It was the kind of voice that the ear follows up and down, as if each speech is an arrangement of notes that will never be played again.

原文看上去不難，可是如果試譯爲中文，就會覺得沒有表面上那樣簡單了。現在看一下譯文：

> 「我掉轉頭來，我的表妹開始用她那低低的、魅人的聲音向我問話。她那種聲音能够令人側耳傾聽，好像每句話都是一些抑揚頓挫的音符所組成，一經演奏就成絕響。」（譯文第九頁）

單看譯文好像是很自然，很通順的中文，寫來全不費功夫，如拿來和原作一核對，就會發現原文中每一字都沒有漏掉，眞可以說是句對句、字對字，一字不訛。我們不妨採另一種方式，先讀一段譯文：

「後面車子喇叭一片連番怪叫此刻達到高潮，我也掉轉身，穿過草地自管回家。走了一半我回頭看了一看。薄薄的一片月亮照在蓋次璧別墅的上面，使夜色跟先前一樣美好，花園在月光下依舊燦爛而歡笑早已消逝。他的窗戶以及大門，此刻只覺得一片空虛，顯得主人分外孤零，隻身單影的站在台階上，一手高舉，做禮貌上惜別的姿勢。」（譯文第五十九頁）

讀起來流暢自然，現在拿來和原作核對一下：

"The caterwauling horns had reached a crescendo and I turned away and cut across the lawn towarn home. I glanced back once. A wafer of a moon was shining over Gatsby's house, making the night fine as before, and surviving the laughter and the sound of his still glowing garden. A sudden emptiness seemed to flow now from the windows and the great doors, endowing with complete isolation the figure of the host, who stood on the porch, his hand up in a formal gesture of farewell"

原文第二句極難翻譯，因爲連用兩個動詞開始的子句，不加推敲，可能譯出來很嚕囌冗長，甚至只好分割成兩句，而譯者卻故意重複使用「月光」，避重就輕，拿結構上極累贅的長句清清楚楚譯了出來。

喬志高的中譯「大亨小傳」的意義尙不止在翻譯一本不爲中國讀者所知的傑作，也不止在翻譯過程時的虔誠心情，而是在這一工作背後的動機。紀德曾經說道：「每一位優秀的作家都應該至少爲祖國翻譯一册優秀的外國作品。」紀德不愧是個大作家，能從大處着眼，他深知一個國家文壇的興盛與否要看能否比較、吸收、推陳出新，而借重翻譯外國作品却是一條捷徑。由作家本身來參加翻譯工作更收事半功倍之效。在這一點上說來，喬志高已經盡了他的責任，但我們還有一個奢望，希望譯者注意到紀德這句話中的「至少」兩個字，再接再厲翻譯優秀的外國作品，使我們的文壇深受其益，因爲翻譯本來是不計酬勞的工作，一方面是因爲「愛」，另一方面是對原作的一種最高的「讚美」❶！

❶在寫這篇介紹文字的過程中，承夏志清、喬志高、於梨華陸續供給我許多資料，省掉我許多精力和時間，特在此誌謝。

1

我年紀還輕，世故不深的時候，我父親曾經教訓過我一句話，直到如今我還是放在心上反覆思考。他對我說：

「你每次想開口批評別人的時候，只要記住，世界上的人不是個個都像你這樣，從小就佔了這麼多便宜。」

他沒有往下多說——我們父子之間話雖不多，但一向有許多事情彼此特別會意，所以我當時懂得他的話大有弦外之音。由於父親這個教訓，我一生待人接物寧可採取保留的態度，而不亂下斷語。我這種習慣招致了很多性情古怪的人拿我當知己，什麼心腹話都跟我說，甚至於弄得有些面目可憎、語言無味的角色也跟我糾纏不清。大凡心理不正常的人一見到正常的人有這種性情，馬上就會乘機前來接近。這樣一來，我在大學時代就不幸被人目爲小政客，因爲同學中冒冒失失的無名小卒都找着我私下來發牢騷。事實上我並不想獲悉他們的隱私——每每見勢不對，覺察到有人要拿我當知己，迫不及待的準備向我傾吐心思，我就常裝睡覺，或託詞忙碌，或故意不表同情，說幾句開人家玩笑的話；因爲據我的經驗，青年人拿你當作知己所傾吐的知心話往往是千篇一律，而且壞在並不誠實，很少和盤托出。對人不亂下斷語是表示一種無窮的希望。我前面提我父親的話，似乎我們父子都有點瞧不起人的樣子，但他的意思是說，待人寬厚雖是一種天賦，却並不是人人生來相同的——我惟恐忘了這個教訓，責人過苛，而有所失。

既然這樣自誇對人寬厚，我也得聲明寬厚是有限度的。人的行爲，有基於磐石、有出於泥沼，可是一過某種程度，我也不去管它的根源了。去年秋天我剛從東部回來的時候，我的心情的確非常沉重，恨不得全世界的人都穿起制服來永遠向道德觀念立正；我再也不能參與什麼荒唐的舉動，讓人家向我推心置腹，把我引爲知己了。我這種反應只有對於蓋次璧，本書的主人翁，是個例外——這位象徵我所鄙夷的一切的「大亨」，蓋次璧。假使人的品格是一連串多彩多姿的姿勢所組成的，那末你不能不承認這人有他瑰麗和偉大的地方；他對於生命前途的指望具有一種高度的敏感，像是一具精密的儀器，能夠探測一萬里以外的地震。他這種反應能力與通常美其名曰「創造天才」那種有氣無力的感受性毫不相干——而是一種異乎尋常的、天賦的樂觀，一種羅曼蒂克的希望，是我在別人身上從未發現過，以後也絕不會再發現的。不錯——蓋次璧本人臨終並沒有叫我失望；使我對人間虛無的悲歡暫時喪失興趣的乃是縈繞在蓋次璧心頭的美夢，以及在他幻夢消逝後跟踪而來的那陣齷齪的灰塵。

我們卡拉威家祖宗三代住在中西部這個城市，家道富裕，也可算是當地的名門望族。據家裏傳說，我們原本是蘇格蘭伯克祿地方的公爵世家。實際上我的直系先人是我伯祖父。他在一八五一年移居此地，在南北戰爭期間買了個替身去替他打仗，他自己創辦了一家商行專做五金器皿批發生意，就是今天傳到我父親手裏經營的。

我從未見過這位伯祖父，但是家裏老說我長得像他——有我父親辦公室牆上那幅一臉板板六十四的肖像爲憑。我在一九一五那年從新港唸完耶魯大學同來——離我父親在母校畢業剛好廿五年——不久以後就參加了那場由條頓民族移民他國而引致的世界大戰。我方反攻的勝利把我精神吊了起來，退伍同家之後不免覺得一切都沒有了勁。中西部的故鄉對我不再是世界上溫暖的中心，而一變成爲宇宙間荒凉的邊緣——我因此拿定主意到東部去學股票生意。我認識的人全都在交易所做事，我想那裏再收容一個單身漢也無妨。爲了這件事我的叔伯姑嬸們討論了好半天，好像跟決定送我到哪家私立中學去住堂一樣的嚴重，最後大家說，「唔——就是——這樣吧，」一個個臉上顯出很嚴肅而猶疑的表情。父親答應資助我一年，然後又躭擱了一陣子，我才在一九二二年的春天摒擋東來，自以爲這同是一去不返的了。

在大城市裏比較現實的辦法是找兩間公寓房子棲身，但那時已是溫暖季節，我又是剛從林蔭茂密、綠草如茵的家園出來，所以湊巧公司裏一位同事建議我們兩人合夥到近郊去租一所房子同住，我就欣然接受。他隨即找到一幢合式的房子，看上去飽經風霜的板木平房，月租八十元，可是正要搬進去時公司裏忽然把他調到華盛頓去，剩下我只好單槍匹馬搬到郊外去住。跟我做伴的有一隻狗——至少跟了我幾天才跑掉——一部舊道奇汽車和一位芬蘭籍的女佣人，每天來替我舖床，弄早餐，一面在電爐上搞一面自言自語咕嚕着芬蘭人做人的道理。

頭一兩天我相當孤單，隨後一天早上在路上碰到一個比我還陌生的人，向我請教。

「請問到西卵鎭去怎麼走？」他舉目無親的樣子問我。

我替他指點了路。登時，我往前走着，就不再感覺孤單了。他這一問把我問成領路人，拓荒者，一個原始的移民。他在無意之間使我榮任了這一帶地方的封疆大吏。

我就這樣安頓下來；每天陽光普照，綠樹忽然成蔭，就像電影裏花草長得那麼快，跟着夏天的來臨我也再度有了一種生命復始的信念。

別的不說，有許多書要讀，在郊外淸新的空氣中也有許多健身的活動可做。我買了十幾本有關銀行學、信用貸款、和投資證券等科目的書籍，一本本紅皮燙金擺在書架上，就像造幣廠新鑄的洋錢一樣，等着爲我揭露邁達斯王、摩根財閥和羅馬富翁墨賽納斯等人的點金秘訣。除此以外，我滿心打算要讀許多別的書。我在大學時頗有一點文藝氣味——有一年曾經替「耶魯新聞」寫過一連串一本正經而相當膚淺的社論——現在我計劃着要重新在這些方面下一番功夫，使自己成爲「通才」，換句話說，就是最膚淺的一種專家。這並不是什麼諷刺人的俏皮話——其實專心致志、目不旁視才眞是洞觀人生的不二法門。

事有湊巧，我租的這幢房子是位於北美大陸最離奇的一個地區。這個小鎭屬於紐約市以東一個細長的怪島，島上除了其他天然奇景外還有兩撮異乎尋常的地型，看上去像一對碩大無朋的鷄蛋，離城裏有二十哩路，一東一西，中間隔着一個小灣，兩邊地角伸出去，伸到長島海灣恬靜無比的鹹水裏。這兩撮隆起的地型並不是滴溜滾圓，而是像哥倫布故事裏所講的鷄蛋一樣，在着地的那一頭是壓扁了的。海鷗飛翔天空，看見這對一模一樣的地型一定驚異不已；對於我們揷翅無方的人類來說，更奇怪的是，這兩個地方，除了形狀大小之外，並無絲毫相似之處。

我住的地方叫西卵——老實說，是比較不漂亮的一個區域，但這只是表面上的區別，實際上兩者之間更存在着一條又古怪又險惡的鴻溝。我租的房子座落在鷄蛋的頂端，離海邊只有五十碼，擠在兩座每季租錢要一萬二到一萬五的大別墅之間。在我右首的那一座，怎樣說也稱得上富麗堂皇——房子的建築是模倣法國諾曼底省某些市政廳的款式，一邊矗起古堡式塔樓，磚瓦簇新，上面稀稀的蓋着一層青藤，整個別墅有四十多英畝的草地和花園，還有一個大理石砌的游泳池。這就是蓋次璧的公館。當然，我還不認識他，只曉得這所別墅的寓公是一位蓋次璧先生。我租的那幢房子實在難看，幸而還是小的難看，沒人注意，因此我有機會欣賞海景，欣賞隔壁鄰居草地的一部份，能夠自詡比鄰都是百萬富翁——一切算在內每月只出八十元。

從我住的地方遠望小灣對岸，只見東卵豪華住宅區的瓊樓玉宇，映在水面上閃閃發光。講起這年夏天所發生的故事，還是我應邀到東卵湯姆•勃堪能夫婦家去吃飯那天晚上開始的。黛西是我遠房表妹，湯姆是我在耶魯就認識的同學，歐戰剛結束之後我路過芝加哥還在他們家住過兩天。

黛西嫁了一位體育家。湯姆曾經是耶魯大學有史以來最出色的足球健將——可以說是全國聞名；這一類型的人，剛到二十一歲就已經在某種局部範圍之內嚐到登峰造極的滋味，從此一輩子只好走下坡路了。他又是富家子弟——在大學時代他揮霍的程度已經令人側目——現在他剛從芝加哥搬到東部來，搬家的排場眞要令人咋舌：比方說，他把家裏打馬球的馬匹全部運過來。這種濶法，在我這一代的朋友中竟然還有人辦得到，實在令人難以置信。

至於他們爲什麼搬到東部來，我倒不知道。在這以前他們無緣無故到法國去待了一年，後來又東飄西飄，老是不安定，所到之處不是打馬球就是大家夥都有錢，物以類聚。這次他們是在紐約定居了，黛西在電話上告訴我，可是我還是不信——我看不透黛西的心思，不過我覺得湯姆這人一輩子就會這樣飄蕩下去，抱着一點悵惘的心情，恨不得哪一天哪一處能夠追尋到過去某場球賽激戰的戲劇性的興奮。

於是在又熱又刮風的一天晚上，我開車跑到東卵去看這兩位對於我幾乎完全陌生的老朋友。他們的住宅比我想像中還要豪華，一座面臨海灣，紅磚白粲、喬治王殖民時代式的大厦。草地從海灘起直奔大門前，足足有四分之一哩，一路跨過日規、磚徑和幾處花朵盛放的小園子，一口氣奔到房子牆脚下，爽性變成綠油油的常春藤，沿着牆順勢往上爬。房子迎面橫着一排長玻璃門，此刻迎着熱風敞開，反映出夕陽的金暉，只見湯姆・勃堪能穿着一身騎裝，兩腿劈開，站在前門陽台上。

比起大學時代來，他變了。他現在已經三十模樣，身體壯碩，頭髮稻草色，舉止高傲，嘴邊略帶狠相。他那對剛愎而發光的眼睛這些年來已經完全佔據了他的臉盤，永遠給人一種盛氣凌人的印象。那副騎裝雖然講究得有點女子氣，可是掩不了他的魁梧身軀——兩條腿套在雪亮的皮靴裏，從上到下綳得緊緊的，肩膀轉動時一大塊肌肉在他薄薄的上衣底下伸縮着。這是一個孔武有力的身軀——蠻橫的身軀。

他說起話來聲音又高又粗，更使人感覺到他是一個反臉無情的人，而且還帶着一種長輩敎訓人的口吻，即使他喜歡你也是如此——不用說，在耶魯的時候有不少人恨死了他。

「喂，你別因爲我比你力大，打不過我，就凡事順從我的話，」他說話時似乎老是用這樣的口吻。我跟他是同班同學，最後兩年還屬於同一個交誼社；雖然我們始終沒有成爲知己，我總覺得他很瞧得起我，而且帶着一種又想親近又不屑遷就的神氣，希望我也瞧得起他。

我們兩人在日光斜照的陽台上談了幾分鐘。

「我這地方很不錯，」他說，兩隻眼不停地閃來閃去。

他握住我的胳臂把我轉過來，他自己用另外一隻巨靈的手掌掠過我們眼前的那幅景致，在一揮手中包括了遠遠義大利式的凹型花園，半畝地的玫瑰花圃，以及海邊隨着浪潮起伏的一艘摩托遊艇。

「這塊地產原來是煤油大王狄梅音家的。」他一面說一面把我推轉過來，相當客氣，同時也相當突兀。「我們到裏面去吧。」

我們穿過一條高高的走廊，走進一間亮晶晶、玫瑰色素的客廳，兩頭都是法蘭西式的長玻璃門，把整個屋子玲瓏輕巧地嵌在這座房子當中。有幾扇門稍微開着，雪白光亮，望出去外面碧綠的草地簡直有一點要長到室內來的樣子。一陣輕風吹過客廳，把窗紗從一頭吹進來另一頭又吹出去，好像一片片虛無飄渺的旗幟，吹向天花板上白糖蛋糕似的裝飾，然後輕輕拂過絳色地毯，留下一陣陰影有如風吹海面。

屋子裏唯一文風不動的東西是一張龐大的沙發榻，榻上供着兩個年輕的女人，活像浮在停泊地面的大汽球裏。她們穿的都是一身白，衣裙被風吹得飄飄的，好像剛乘汽球繞着房子外邊飛了一圈回來似的。我大概呆了好一會，站在那裏傾聽窗紗刮動的聲響和牆上一幅掛像的唉聲嘆息，忽然只聽見砰的一聲，湯姆·勃堪能把後面玻璃門關上，室內的餘風才漸漸平定下來，窗紗和地毯和那兩位少婦也都冉冉降落地面。

兩個之中比較年輕的一位，我素昧平生。她筆直地躺在沙發榻的一頭，身子一動也不動，下巴稍微向上仰起，好像頂着一件什麼東西，生怕跌落下來似的。我不知道她在眼角中有沒有瞧見我進來，因爲她毫無表示——其實我倒吃了一驚，幾乎要囁嚅地說一聲對不起，驚動了她。

另外一位是黛西，她見我來了想從沙發上起來——上身向前彎，面部一本正經的表情——忽然間她噗哧一笑，又滑稽又可愛的一笑，我也跟着笑了，然後加緊幾步走進客廳。

「嗳呀，我高——高興得癱掉了！」

她又是一笑，好像自己說了一句絕頂聰明的話。她把我的手拉住，仰起笑臉相迎，兩眼似乎在告訴我，大千世界、芸芸衆生之中她最高興見到的就是我。黛西一向有這麼一套。接着她含含糊糊地向我表示，那個頂着東西做戲的女孩姓貝克。（我曾經聽人說，黛西說話故意喜歡含混不清，爲的是要使人跟她靠攏一點；這大概是不相干的閒話，然而並不減少黛西這種說話習慣的可愛。）

不管怎樣，經過這樣介紹之後，貝克小姐嘴唇稍微顫動了一下，她向我微微地、幾乎看不出來地點了點頭，然後連忙把頭又仰回去——頂在下巴上那件東西顯然歪了一下，差一點沒把她嚇壞了。我又忍不住要開口道歉。不論是誰，能夠做出這種蠻不在乎，我行我素的神氣來，總使我無話可說，只有五體投地的佩服。

我掉轉頭來，我的表妹開始用她那低低的、魅人的聲音向我問話。她那種聲音能夠令人側耳傾聽，好像每句話都是一些抑揚頓挫的音符所組成，一經演奏就成絕響。她的臉龐美妙而帶憂鬱，五官漂亮，有明眸皓齒，也有兩瓣熱情的嘴唇，但追求過她的人說，最使人神魂顛倒，難以忘懷的還是她說話的聲音：是引吭高歌，也是喃喃私語——「聽啊！」聲音暗示着，她剛做完一些歡忻鼓舞的事，而且別走，還有歡忻鼓舞的事在後頭。

我告訴黛西我東來途中曾在芝加哥停留一天，那裏至少有一打朋友要我帶信來問候她。

「他們眞記罣我嗎？」她做出驚喜若狂的樣子。

「整個芝加哥都在想念你，想得好悽慘。滿街的車子都把左後輪漆上一個黑圈，表示悲傷，城北湖邊一帶連夜只聽見不停地爲你哀號。」

「太美了！湯姆，咱回去吧。明天就走！」忽然她又毫不相干地說：「你應當見見囡囡。」

「我就是要看她。」

「她現在睡了。三歲了。你還沒見過囡囡？」

「還沒有見過。」

「噯呀，我要你看看她。她眞是——」

湯姆•勃堪能正在不耐煩地在屋子裏晃來晃去，此刻停下來把一隻手放在我肩膀上。

「尼克，你現在在哪兒做事？」

「我在做股票生意。」

「哪家公司？」

我告訴了他。

「從來沒聽見過，」他直截了當地說。

我有點不高興。

「你早晚會知道的，」我也不客氣地回道。「假如你在東部住下來的話，你會知道的。」

「哼，你不用怕，我一定在東部住下來，」他一面說一面望望黛西又望望我，好像很機警，怕我們還會說些什麼別的話。「我要是再搬到別處去住我才是一個大傻瓜。」

在這個關頭貝克小姐突然插了一句嘴：「對極了！」把我嚇了一跳——這是我進了客廳之後她的第一句話。可能她自己也同樣吃驚，因爲她隨即打了一個呵欠，跟着來了一連串敏捷的舉動，就此站起身來。

「我全身發麻了，」她抱怨道，「我在這張沙發上不知道躺了多久。」

「不要怪我，」黛西回嘴說，「我花了一下午的功夫想把你弄到紐約去。」

「不喝了，謝謝，」貝克小姐朝着廚房裏剛端出來的四杯鷄尾酒說，「我這一陣子鍛鍊身體，天地良心！」

她的男主人向她瞧了一眼，不勝詫異。

「眞的嗎？」他把自己的酒一口乾掉。「我眞意想不到你會做得成什麼事。」

我望望貝克小姐，心中估不出她「做得成」的是哪一類的事。我很喜歡看這個女孩子。她身材修長，乳房小小的，身子直苗苗，還故意挺起胸膛像操兵一樣。她用那對被太陽照得瞇瞅着眼的灰色眼珠望着我，從一張蒼白、嬌美，而不知足的面龐中回敬我的好奇心。此刻我才想起我在什麼地方見過她的，或者是見過她的相片。

「你住在西卵，」她含有藐視的意味說：「那邊我有個熟人。」

「我什麼人都不認——」

「你一定認得蓋次璧。」

「蓋次璧？」黛西馬上問。「哪個蓋次璧？」

我還沒機會回答說他就是我的鄰居，聽差宣佈晚飯開了。湯姆・勃堪能把一隻緊張的胳臂不由分說地揷在我肩下，把我推出客廳，好像是把棋子在棋盤上推到另外一格去一樣。

兩位少婦，手輕輕搭在腰上，苗條地、懶洋洋地，在我們之前移步到外面玫瑰色調的陽台上去。陽台敞開一面，向着落日，餐桌上點起四根蠟燭在微風中閃爍。

「要點蠟燭幹什麼？」黛西皺着眉、不高興地說。她用手指把燭火捏掉。「再過兩禮拜就是一年裏頭最長的一天了。」她臉朝着我們大家，忽然又容光煥發。「你們有誰老在等着一年最長的一天，到臨了還是沒注意？我老是等着一年最長的一天，到臨了總是錯過了。」

「我們應當計劃計劃，」貝克小姐打了一個呵欠然後一坐坐下來，好似上床睡覺一樣。

「好的，」黛西說。「我們計劃什麼？」她臉轉向我，無可奈何的樣子：「大家都在計劃些什麼？」

我還沒來得及回答，她忽然盯着她的小手指頭看，兩眼充滿了驚異的神氣。

「你們看！」她抱怨道。「我手指頭碰傷了。」

我們大家都看她的手——果然骨節有點青紫。

「湯姆，是你弄的，」她指控道。「我曉得你不是故意弄的，但是是你給弄的。這算是我的報應，誰叫我嫁給這麼一種粗男人，一個又笨又蠻又橫又粗的——」

「我最恨你用這個橫字，」湯姆一臉不高興地抗議道，「即使開玩笑也不應該。」

「橫——橫——」黛西堅持說。

有的時候她和貝克小姐兩人同時開口說話，說的都是一些彼此打趣、無關緊要的話，而且並不是嘮嘮叨叨的，只是輕描淡寫，跟她們的白色衣裙以及他們對人冷冷淡淡、清心寡慾的眼睛一樣。兩人似乎抱着一種既來之則安之的態度，敷衍敷衍湯姆和我，說幾句無關痛癢的話，應酬應酬。她們心裏知道：一會兒晚飯就吃完了，再過一會兒又是一天，什麼都無所謂。這種態度跟我在西部所習見的截然不同。在家裏，每逢晚上應酬客人，大家總是聚精會神，每一階段等不及地向前巴望，希望好的還在後頭，而到臨了終不免失望；要不然就是每一時刻都感覺侷促不安。

「黛西，跟你在一起，我覺得我簡直不夠文明，」我一面對付着第二杯略帶軟木塞味道的好葡萄酒，一面不打自招地說。「能否請你談談莊稼或者什麼別的我聽得懂的事情？」

我這句話根本沒有什麼用意，想不到却引起了一番大道理。

「還講什麼文明——文明社會已經破產了，」湯姆來勢洶洶地說。「我近來對於一切都很悲觀。你有沒有看過一本書叫做『有色帝國的興起』，作者是一個姓高達德的？」

「倒沒有，」我同道，同時有點奇怪他爲什麼用這種聲口。

「我告訴你，這是一本好書，大家都應當讀一讀。這本書的大意是說，萬一我們不小心，白種民族就會——就會寡不敵衆，完全給淹沒了。這個理論非常科學化，有憑有據的。」

「湯姆近來常常研究學問，」黛西說，臉上一陣不自覺的悲哀。「他讀了許多深奥的書，書裏盡是難懂的字眼。記得那個什麼字，我們——」

「這些書都是有科學根據的，」湯姆對她不耐煩地看了一眼，緊接着說。「這傢伙把整套的理論源源本本，有憑有據的交代出來。事實上，全要靠我們白種人、優越民族自己提防，不然的話那些有色人種就會控制一切。」

「我們非打倒他們不可！」黛西偸偸地說，一面向熱衷的太陽拚命擠一擠眼。

「你還沒在加里福尼亞住過呢——」貝克小姐開口說，可是湯姆不理會她，只沉重地把身體在椅子上移動了一下。

「這個理論，要點是，我們都是屬於北歐民族。我是，你是，你也是，你——」他猶疑了一下然後點了點頭把黛西也包括在內；她又望我擠了擠眼。「——而且人類文明進化全都是靠我們的力量造成的——所有的科學、藝術等等。你懂嗎？」

他聚精會神地申述這篇大道理，瞧上去有點可憐相，似乎他那種自命不凡的態度，雖然比以前厲害，但仍然不夠維持他的自信力。正在這時屋子裏電話鈴響，聽差走進去接，黛西就乘這個打岔的機會把臉湊到我面前來。

「我要告訴你我們家裏一個秘密，」她興奮地搗鬼說。「是關於聽差的鼻子。你想知道聽差的鼻子的秘密嗎？」

「不瞞你說，這正是我今晚來拜訪的目的。」

「讓我告訴你，他本來並不是當聽差的；他從前替紐約一個人家專管銀器——那家有一套兩百人用的銀器。他從早到晚要擦銀器，擦呀擦的擦個不停，擦到後來他的鼻子受不了啦——」

「後來事情越弄越糟，」貝克小姐提她一句。

「對了。事情越弄越糟，結果他不得不辭掉那份差事。」

夕陽的餘暉一時親熱地映在她光采的臉盤上；她的低聲細語逼得我湊上前去屏息傾聽——然後光采逐漸消逝，依依不捨地離開了她的面容，就像小孩子們在黃昏街頭留連忘返一樣。

聽差回來輕輕在湯姆耳朵裏說了幾句，湯姆聽了眉頭一皺，把椅子朝後一推，一語不發走進室內去。他這一走似乎激動了黛西，使她更急促地湊向前來，她的聲音揚起有如唱歌。

「噯呀，尼克，我眞喜歡你來我家做客。你使我想到——想到一朵玫瑰花，的的確確一朵玫瑰花。你看是不是？」她掉頭去要求貝克小姐證實她這句話：「是不是的的確確一朵玫瑰花？」

這句話並無根據。我連玫瑰花的影子都沒有。她不過是信口開河，在耗時間，可是從她心中激動出一種憤氣，似乎想透過這些胡言亂語來向你訴說。忽然間她把餐巾往桌上一甩，說了一聲對不起，站起身來往屋子裏跑。

貝克小姐和我彼此看了一眼，故意不做任何表情。過了一會我正想開口，她凝神坐直起來，一面「噓！」的一聲警告我不要出聲。從屋子裏傳來一陣兩人低沉而忿怒的交談聲，這邊貝克小姐毫無顧忌地湊上前去側耳諦聽。裏面說話的聲浪幾次顫動到聽得眞的程度，一時低沉下去，一時又急促地達到高潮，然而戛然終止。

「你剛才提的那位蓋次璧先生，他是我的鄰居——」我找話來攀談。

「不要響！我要聽聽看出了什麼事。」

「是出了事嗎？」我天眞地問。

「你難道不曉得？」貝克小姐倒是眞感到奇怪。「我以爲大家都曉得了。」

「什麼事？我不知道。」

「嗯——」她呑呑吐吐地說，「湯姆在紐約有一個女人。」

「有一個女人？」我莫名其妙地重複一遍。

貝克小姐點點頭。

「這女的也眞不識相，居然在吃飯的時候打電話到人家裏來。你看不是豈有此理？」

我還沒聽懂她這句話的意思，只聽見一陣裙子拂動和皮鞋咯咯的聲響，湯姆和黛西先後回到餐桌上來。

「對不起，沒有辦法！」黛西强做歡笑，大聲說。

她坐下之後仔細朝貝克小姐和我臉上審察了一眼，然後接着說：「我到門外頭張了一張，外面非常的羅曼蒂克。我在草地上看見一隻鳥，我猜一定是從英國搭『白星號』海船過來的一隻夜鶯。他在那兒直唱歌——」她自己的聲音也像在歌唱：「眞的很羅曼蒂克，湯姆，對不對？」

「非常羅曼蒂克，」他應承着，然後愁眉苦臉地向我說：「吃過飯要是天不太黑的話，我要帶你去看看馬房。」

裏面電話又響了，大家都吃了一驚，這次黛西堅決地對湯姆把頭搖搖，於是所有的話頭，馬房跟別的一切，都煙消雲散。在餐桌上最後五分鐘的殘碎印象中，我只記得蠟燭無緣無故又點起來，我恨不得跟大家都打個照面同時又要儘量避免跟別人的視線接觸。我看不出黛西和湯姆兩人腦子裏想什麼，我猜連貝克小姐那種飽經世故的樣子也未必能把這第五位客人的尖銳、急迫的電話聲完全摒諸腦外。這個局面對某種人或者會覺得怪有意思——我自己本能的反應是，最好立刻打電話去叫警察。

不用說，看馬房的事沒再提了。湯姆同貝克小姐，兩人中間相隔有幾呎寬的黃昏，一前一後走回室內，那副神情活像去替死人守夜。我呢，一面裝聾作啞，一面保持高高興興的樣子，跟黛西穿過一連串走廊，走到前邊陽台上去。在暮色蒼茫中我們並排在一張藤椅上坐下。

黛西用手捧着自己的臉蛋，好像撫摸着一件可愛的寶貝，她把眼睛慢慢睜開，去瞧四週圍軟如絲絨的黃昏。我可以看得出她渾身感情激動，因此我故意問幾句關於她小女兒的話，設法使她定一定神。

「尼克，我們兩人並不太熟，」她忽然說。「雖然我們是表親。我結婚的時候你也沒來。」

「我打仗還沒回來。」

「不錯。」她猶疑了一會。「尼克，我告訴你，我也眞倒霉，我現在把世界上一切都看穿了。」

今晚的事很清楚地告訴我她爲什麼看穿世界上一切。我等着聽，可是她不再說下去，過了一會我相當勉强地又把話頭轉回到她女兒身上去。

「她大概又會說又會——吃，什麼都會吧？」

「可不是，什麼都會。」她心不在焉地瞧着我。「尼克，我要告訴你我女兒出世的時候我說了一句什麼話。你要聽嗎？」

「當然要聽。」

「你聽了就會明白我爲什麼這樣，看穿了——一切。囡囡出世還不到一個鐘頭，湯姆也不知道跑到那裏去了，我從蒙藥裏醒過來，簡直感覺到孤苦伶仃，馬上問護士是男的還是女的。護士告訴我是個女孩，我就轉過臉流起眼淚來。『也好，』我說，『女的也好。我盼望她長大了是個傻瓜——在這種世界上女孩子最好是傻瓜，一個年輕貌美的傻瓜。』」

「你懂嗎？我知道多說也沒用，事情已經一場胡塗，」她繼續很肯定地說。「大家都這樣想

——最聰明的人都這樣想。可是我不用想——我知道。我什麼地方也去過了，什麼世面也見過了，什麼事情也做過了。」她說這話時兩眼不服氣似的閃來閃去，活像湯姆的神氣，她的笑聲也充滿了動人心絃的譏嘲。「時髦人物——天曉得，我眞是一個時髦透頂的人物！」

她一住嘴，聲音不再强迫我注意和相信她的話時，我馬上有一種感覺，覺得她所說的根本不是眞心話。這使我不安，似乎那天晚上一切都是一個圈套，要逼我也表現一種適當的情緒。我故意不響，果然不到一會，她朝我看時她那張可愛的臉龐上露出一絲藐視一切的假笑，好像她剛才的話正足以表示她和湯姆都是屬於高人一等的貴族化的秘密集團。

屋子裏那間通紅的客廳此刻燈火輝煌。湯姆和貝克小姐坐在長沙發的兩頭，她拿着一本「星期六晚郵週刊」在唸給他聽——唸得聲音低低的，平仄不分，一連串的字組成悅耳的音調。燈光照在他皮靴上發亮，照在她秋葉般的黃髮上黯然無光，又照在雜誌的紙張上一閃一閃的，每次她翻一頁，她胳臂上秀美的肌肉也跟着一動。

我們走進屋子，她舉起手來命令我們肅靜。

「欲知後事如何，」她把雜誌扔在桌上道，「且看下期分解。」

她不安定地把膝蓋移動了一下，霍地站起身來。

「十點了，」她宣佈，兩眼朝天，似乎在天花板上發現一架時鐘。「我這個守規矩的孩子要去睡覺了。」

「喬登明天要去參加比賽，」黛西替她解釋說，「要到西吉士特縣那邊去。」

「哦——原來是喬登·貝克。」

現在我才知道為什麼她很面熟——這張漂亮而稍帶驕氣的面孔，我曾經在報紙體育欄的照片上時常看到：喬登·貝克小姐參加高爾夫球賽，地點不是阿史維爾就是溫泉或是棕櫚海灘。我記得我還聽見過一些關於她的閒話，似乎是對她不利的，但詳細情形我早已忘掉了。

「明天見，」她輕聲說。「早上八點叫我，可以不可以？」

「只要你起得來。」

「我一定起得來。再見，卡拉威先生。改天見。」

「我敢保你們會再見的，」黛西强調說。「我想我爽性替你們做個媒吧。尼克，你多來幾趟，我就——我就把你們倆拉攏在一起。喏，把你們倆有意無意地關在小房間裏面，或者把你們倆放在小船上往海裏一推，等等，辦法多得很——」

「明天見，」貝克小姐從樓梯上喊下來。「你說的什麼我一個字也沒有聽見。」

「她是個好孩子，」停了一會湯姆說。「他們不應該讓她這樣到處亂跑。」

「你說誰不應該？」黛西冷冷地問。

「她家裏。」

「她家裏只有一位老胡塗的姑媽。不要緊，尼克現在可以照應她，是不是，尼克？她今年夏天常到這裏來過週末。我想這裏的家庭環境對她會有很多好處。」

黛西和湯姆彼此瞅了一眼，悶聲不響。

「她是紐約本州的人嗎?」我趕快問。

「她是南方魯易維爾人。我們倆白種姑娘是在那裏一同長大的，我們倆年輕貌美的白種——」

「你剛才在陽台上是不是把你的心事一五一十都告訴尼克了?」湯姆忽然質問。

「我一五一十地告訴了你嗎?」她望着我說。「我記不清楚了。我記得我們談的好像是北歐種族問題。不錯，我們談的的的確確是那個問題，也不曉得怎麼的不知不覺就談到那個問題——」

「尼克，別聽到什麼就信以爲眞，」湯姆對我發出警告。

我很輕鬆地回答說我什麼都沒聽到，再過幾分鐘我就站起來告辭。他們夫婦把我送到門口，兩人背對着一方塊燈光並肩站着。我把車子引擎打着後，黛西命令式地喊道：「等一等!」

「我忘了問你一件事，很重要的。聽說你在西部跟一位小姐訂了婚。」

「不錯，」湯姆和顏悅色地補充一句道。「我們聽說你訂婚了。」

「完全是謠言。我太窮了。」

「可是我們的確聽人說的，」黛西堅持道。使我奇怪的是她現在又像一朵花一樣展開了笑容。「我們聽見過三個人這樣說，所以一定是眞的。」

不用說，我知道他們所指的是什麼，但我連訂婚的影子都沒有。事實上，一半也是因爲傳說我和某女士有訂婚的消息才使我決定到東部來的。一個人不能因爲怕謠言就不跟老朋友來往，但一方面我也不願意遷就謠言而去結婚。

湯姆和黛西關心我的事，我倒很感動，似乎他們不像一般有錢人那樣疏遠別人——雖然如此，我一面開車回家一面心中對這對夫婦有點不解，同時有點討厭。在我看來，黛西應當抱了她的孩子立刻跑出這座房子——可是顯然她腦中絲毫沒有這種意向。至於湯姆這人，他會「在紐約有個女人」我倒不奇怪，奇怪的是他居然會因爲讀了一本書而感到悲觀。不知道爲什麼他這樣的人會去從那種無聊的學說裏找尋安慰，除非是他發覺他自己那壯碩的體格還不夠維持他一向唯我獨尊的心理。

一路開車回家，已經是仲夏的景象，路旁只見招徠過往客人的飯館和汽油站，漆得鮮紅的加油機一個個蹲在電燈光圈裏。我回到西卵我的公館，把車停進小車房之後，在園子裏一架壓草的石鼓上坐了一會。晚上的熱風此刻已經平定，只剩下嘈雜而清朗的黑夜，樹上鳥翼撲撲，大地驚醒了青蛙做出連續不斷的風琴聲響。月光中有一隻猫的黑影在移動，我回過頭去張望，發覺不只我一個人在那裏——離我五十步遠近，從隔壁大厦的陰影中走出來一個人，兩手叉在口袋裏在那裏站着仰頭在看滿天銀色的箕斗。從他悠閒的步伐和他兩脚穩踏在草地上的姿態可以看得出這不是別人正是蓋次璧先生，出來巡視一下我們小天地中屬於他的是哪一部份。

我打算招呼他一聲。剛才吃飯時貝克小姐曾經提過他的名字，我可以藉這因頭跟他攀談。可是我並未去叫他，因爲忽然間他給我一種感覺：他目前寧願不要人驚動——只看見他伸出兩手，似乎向黝黑的海水央告，縱然離開他那麼遠我可以發誓我看見他在發抖。不知不覺間我的視線也跟着轉移到海面上去——遠遠的什麼都看不見，只看見一盞綠燈，又小又遠，也許是哪一家碼頭上的標誌，我回頭再去看蓋次璧時，他人已不見，只剩下我一人在這不安的黑夜中。

2

西卯和紐約之間不到一半路程，汽車公路匆匆忙忙跟鐵道碰頭，並排跑上四分之一哩的路，爲的是要躲避一個荒涼地帶——一個垃圾堆成的山谷。在這裏垃圾就像田裏的麥子一樣，長得東一堆西一堆，堆成山丘和奇形怪狀的花園；再堆得高一些成爲房屋，屋頂上有煙囪，煙囪上還冒煙；最後，經過一番鬼斧神工，居然堆成人形，一個個滿身灰土的人，走起路來隱隱約約的，走在佈滿塵土的空氣中，人本身也粉碎起來化爲塵土。有時看見一隊垃圾車，慢慢沿着不清不楚的路線爬行過來，車子一聲鬼嘯，咯喳停住，馬上一羣灰撲撲的漢子拖着鐵鏟一窩蜂包圍上來，搞得灰塵滿天，叫你看不清他們幹的是什麼勾當。

不過，再過一會，在這片永遠被一陣陣塵土籠罩的灰色地面上，你發覺兩隻大眼，兩隻龐大無比的藍眼睛，單單瞳仁就有三呎高——「醫學博士艾珂爾堡」的眼睛。這雙眼睛並不是出現於什麼面孔之上，中間也瞧不出有什麼鼻樑，眼睛上却戴着一副巨靈的黃色眼鏡。大概是這裏皇后區哪一位眼科醫師一時妙想天開，豎了這樣一座大廣告牌以便招徠生意，到後來自己也兩眼一閉，溘然長逝，要不然就是搬走了，根本把這塊招牌忘得一乾二淨。現在他兩隻大眼空留在這裏，經過年深日久，風雨的剝蝕，光采已不如前，可是依然默默無神地在端詳着這片垃圾場。

垃圾谷地帶，一邊有條骯髒的小河，有時河上吊橋拉起讓底下的駁船通過，火車湊巧趕到此地就得停下，車上乘客瞪眼看着這片淒涼的景色，一看可以看半小時之久。平時火車開到這一站也要停一分鐘。就是因爲如此，我才有機會碰到湯姆•勃堪能的姘頭。

他之有外遇，是他所到之處大家一口咬定的事實。據說認識他的人都很討厭他常常帶這女的出入熱鬧的酒店，公然把她供在桌子上，自己大搖大擺走來走去，跟熟人打招呼。我雖然一直很好奇，不知道是什麼樣一個女的，可是我並不想見她——但這天終於見到了。那天下午我跟湯姆一同搭火車到紐約去，火車開到垃圾谷那一站停下之後，他忽然跳起來，抓住我的胳臂硬把我推下車。

「我們在這兒下來，」他不容我分說。「我要你見見我的女朋友。」

我看他在午飯時已經喝得可以了，現在簡直蠻不講理，硬要我陪他。同時他還有一種瞧不起人的心理，似乎我在禮拜天下午絕對不會有什麼別的更要緊的事可做。

我跟着他的脚步跨過火車道旁一排低低的白漆柵欄，再沿着公路，在艾珂爾堡醫士目不轉睛的注視之下，往回走了一百碼模樣。四周圍唯一看得見的只有一幢小黃磚房子，孤零零地站在荒地的邊緣，大概算是供應本地居民的一個具體而微的市面，左右隔壁什麼都沒有。這幢房子裏有三家舖面，一家正在招租，一家是通宵營業的小餐館，門前只見顧客留下的一串灰塵僕僕的足跡；還有一家是修理汽車的車行，招牌上寫着：「喬治•韋爾生——修理機件——買賣舊車」，我就跟湯姆走進這家店門。

車行裏面四壁徒然，全無興隆氣象；只有一輛汽車，一部蓋滿灰塵的破福特車，蹲在陰暗的角落裏。我正想，這個陰氣沉沉的車行不要是假裝門面，樓上也許還有佈置華麗的藏嬌金屋，車行老板從他的小帳房裏走了出來，拿着一塊抹布不停地擦手。他是一個頭髮淡黃面色蒼白的人，依稀有點丰度，可是一臉無精打采的神氣，看見我們進來，那對淺藍的眼珠流露出一絲慘澹的希望。

「喂，韋爾生，你這傢伙！」湯姆裝出一團和氣、拍拍他肩膀說。「生意怎樣？」

「不好，不壞，」韋爾生缺乏說服力地回答。「你到底要什麼時候才把你那部車子賣給我？」

「下禮拜，準沒錯！我已經叫我的車夫去把那部車拿去修理一下。」

「他那個人做事相當慢，是嗎？」

「一點也不慢，」湯姆冷冷地道。「你假使不高興，我還是拿到別處去賣好了。」

「不是那樣講法，」韋爾生連忙解釋。「我的意思是——」

他話沒說完聲音已經消逝，湯姆聽也不聽，只是不耐煩地用眼睛往車行四處亂瞟。一會我聽見樓梯上有人下來，跟着一個身材結實的女人擋住了賬房口的燈光。她年紀大概三十出頭，身體略肥，可是像有些女的一樣，肥得頗有肉感。她穿的一身帶有油漬的深藍綢衣裳，臉龐並不美，可是一落眼就感覺到這女人有一種活力，好像渾身神經都在不停地燃燒。她先懶洋洋地一笑，然後視若無覩似的穿過她丈夫身邊，過來跟湯姆拉手，兩眼直瞅着他。接着，她用舌頭潤了潤嘴唇，頭也不回、低聲粗氣地吩咐她丈夫道：

「怎麼不拿兩張椅子過來，你這個人，讓客人坐坐。」

「就來，就來，」韋爾生喏喏連聲到賬房小屋子裏去搬椅子，馬上他的人影就跟水泥牆壁打成一片。灰白的塵土籠罩着他深顏色的衣服和淡黃色的頭髮，籠罩着屋子裏前後左右一切東西——除了他老婆之外。她此刻走近湯姆身邊。

「我要你來，」湯姆迫切地說。「搭下一班車子。」

「也好。」

「我在車站下頭一層報攤旁邊等你。」

她點點頭剛走開，韋爾生從賬房裏搬了兩張椅子出來。

我們在公路旁沒人看見的地方等着她。再過一兩天就是七月四號獨立紀念日了，只見一個滿身灰土，瘦猴子似的義大利小孩在火車軌道旁邊放一排「魚雷砲」。

「你看這地方多麼糟，」湯姆說，同時跟艾珂爾堡醫士彼此愁眉苦臉打個照面。

「糟透了。」

「到外面換換空氣對她很好。」

「她丈夫不反對嗎？」

「韋爾生？那個傻瓜什麼都不懂，醉生夢死。他還以爲她是到紐約去看她妹妹呢。」

就這樣，湯姆．勃堪能和他的女朋友和我，三人一同到紐約去——也許我不能說一同去，事實上韋爾生的老婆規規矩矩地坐在另外一列車子裏。湯姆總算還顧全一點體面，怕萬一在火車上被東卵的鄰居撞見了不好意思。

那女的在離開家以前換上一件棕色花綢衣裳，到了紐約湯姆扶她下車時她那肥闊的臀部把衣裳綳得緊緊的。走過報攤，她買了一份小報，「紐約閒話」，一本電影雜誌，又在車站藥房裏買了一罐雪花膏和一小瓶香水。在樓上，我們走到回音重重的停車處，她故意放過四部出租汽車方才選中了一部車身淡紫色、裏面灰呢座位的新汽車。我們坐上去，開出龐大的車站，開到陽光裏。忽然她在車窗裏又看見了什麼，馬上回過頭來敲敲前面的玻璃，招呼車夫停住。

「我要買一隻小狗，」她很起勁地說。「我要買一隻養在公寓裏。怪有趣的——養隻小狗。」我們的車子倒退到街邊一個小老頭那裏。這小老頭說也奇怪樣子活像煤油大王洛基菲勒。他胸前掛着一隻小竹籃，籃裏蹲着一打剛剛出世的難以確定品種的小狗。

「你這窩是哪一種狗？」韋爾生的老婆等老頭走到汽車旁，急着問他。

「哪一種都有。你要哪一種呀，太太？」

「我喜歡要一條那種警犬；我看你不見得有警犬吧？」

老頭有點懷疑地向籃子裏張了一張，伸手進去掏出一隻小狗來，捏住頸皮，小狗身子直扭。

「這才不是警犬呢，」湯姆說。

「先生，這不一定是警犬，」老頭帶着失望的口氣回道。「看上去多半是一條棕毛獵狗。」他用手把小狗背上棕色的毛摸了一下，「你瞧這狗的毛。頂刮刮的毛。這條狗買回去包你不會傷風着凉。」

「小東西怪好玩的，」韋爾生的老婆很高興地說。「要多少錢？」

「這條狗？」老頭歪着頭欣賞他的小動物。「這條狗要賣十塊錢。」

小狗的祖先無疑跟棕毛獵狗有過關係，可是牠的四隻腿是雪白的。無論如何，貨色轉了手，小狗安然在韋爾生老婆的懷裏坐下，她用手撫摩那不怕傷風的毛，高興得非凡。

「這條狗是雄的還是雌的？」她細聲細氣地問。

「這條狗？這條狗是雄的。」

「是條母狗，」湯姆肯定地說。「喏，十塊錢，拿去再買十條狗。」

我們坐着出租汽車來到五馬路，在這夏天星期日的下午，城裏空氣又暖又柔和，幾乎有田園風味，即使忽然有一羣緜羊轉彎抹角走過來我想我也不會驚奇。

「站住，」我跟車夫說。「我得在這兒跟你們分手了。」

「不行，不行，」湯姆快快地說。「你要是不來公寓坐一會，梅朵要生氣的。梅朵，是不是？」

「來嘛，」她央求我。「我可以打電話把我妹妹凱塞琳叫來。很多有眼光的人都說她是美人。」

「唔，我很想來，但是——」

車子繼續往前開，又掉頭穿過中央公園，向西城一百多街那邊走。開到一百五十八街，一大排白色蛋糕似的公寓房子前面，車子停下。韋爾生的老婆下車時，目光向四週圍掃射一下，大有皇后回宮的氣概，一面兩手捧着小狗和其他買回來的物件，趾高氣揚地跨進了公寓大門。

我們乘升降機上樓時她宣佈說：「我要把麥基夫婦請上來。不錯，我還要打電話給我妹妹。」

我們去的這個公寓是在最高一層——一共三開間，一間小客廳，一間小餐廳，一間小臥室和洗澡房。客廳裏擺着一套織綿椅墊的傢具，大得很不相稱，把屋子裏擠得滿滿的，走幾步就要絆倒在法國宮女打秋千的圖畫上。牆上唯一的掛畫是一張放得特大的美術攝影，看上去好似一隻母鷄蹲在不清不楚的岩石上。但是遠遠的看，母鷄的形象又化爲一頂女帽，一位矮胖的老太太笑容可掬地瞧着客廳裏的人。客廳桌上擺着幾份舊的「紐約閒話」，還有一本流行小說「彼得•西門傳」和三兩份專登百老滙內幕新聞的雜誌。韋爾生的老婆最先關心的是她那條小狗，她打發一個開電梯的小伙子，不情不願地去找一隻紙盒子，裏面要墊些稻草給小狗做窩，還要買點牛奶給狗吃。那小伙子自做主張又買了一聽又大又硬的狗吃的餅乾——把牛奶倒滿了一碟，裏面泡着一塊餅乾，一下午泡得稀爛也沒人管。一面湯姆用鑰匙打開壁櫥，取出一瓶威士忌來。

我一生只喝醉過兩次，那天下午就是第二次；所以前後一切所發生的事都是像霧裏一樣，迷迷糊糊的，雖然公寓裏的西曬太陽又熱又亮，直到晚上八點以後才下去。韋爾生的老婆坐在湯姆懷裏四處打電話叫人；一會發現烟抽完了，我就上街到附近藥房去買。等我同來時他們兩人都不見了，我就很識相地在客廳裏坐下，打開「彼得•西門傳」來讀一章——不是這本書寫得太糟，就是我威士忌喝得太多，我讀來讀去讀不出什麼道理來。

等到湯姆和梅朵（一杯酒下肚之後我和韋爾生的老婆就開始彼此直呼其名）又出現，客人們也來敲公寓的門了。

梅朵的妹妹凱塞琳是一個年紀三十左右，相當世故的女人，身材瘦長，一頭剪短的紅頭髮，看上去又硬又光，皮膚上粉擦得像牛奶一樣白。她的眼眉毛是拔掉又重畫過的，畫得彎彎的，可是原來的眉毛又再長回來，兩條弧線的交錯弄得她臉上有點不清不楚的樣子。她走動的時候不斷的叮噹做響，由於胳臂上面戴了許多假玉手鐲，一上一下地抖動。她走進公寓時脚步非常熟練，兩眼四處一看，那種神氣似乎所有的傢俬都是屬於她的，令我心想也許她就住在這裏。但是等我問她時，她忽然大笑不止，把我的問題大聲重複了一遍，然後告訴我她是跟一位女朋友一同住在一家旅舘裏。

麥基先生是住在樓下一層公寓的鄰居，一個小白臉樣子的人。他大概剛刮過鬍子，面頰上還有一點白肥皂沫沒有擦掉。他必恭必敬地跟屋子裏的人一個個打了招呼。他告訴我他是「吃美術飯」的，後來我發覺他是攝影師，牆上掛的韋爾生老婆的母親那幅模糊不清的放大照片就是他的作品。麥基的太太說話尖聲怪氣，舉止做作，像貌並不難看，可是人很討厭。她很驕傲地告訴我，他們結婚以後她丈夫一共替她拍照過一百二十七次相。

不知道什麼時候韋爾生的老婆換了一套衣裳，她現在穿的是一件奶油薄紗的下午出客裝束，拖着長袖，東一片西一片的，在屋子裏轉來轉去時不停的沙沙出聲。衣服這樣一換，人的個性也跟着改變了。先前在汽車行裏使我特別注意的活力此刻變成一副貴婦模樣的高傲神氣。她的言語舉動，聲音笑貌，做作的厲害與時俱增，一分鐘一分鐘的過去，只見她人逐漸膨脹而週圍的空間逐漸縮小，等到後來在煙霧瀰漫中她簡直像走馬燈似的、在吱吱喳喳的木軸上直轉。

「妹妹，」她尖聲怪氣地向她妹妹嚷，「這年頭一不小心就會上當。大家什麼都不管，只曉得要錢。上禮拜我叫一個女的來看看我的脚，等她把賬開來差一點沒把我嚇了一跳，割一割盲腸炎也沒有那麼貴。」

「那個女的姓什麼？」麥基太太問。

「姓艾伯哈特。她一天到晚到人家裏去替人看脚。」

「你這件衣裳好看得很，」麥基太太說，「我很喜歡。」

韋爾生太太聽了這句恭維話只把眉毛聳起來，作出一股毫不足道的神氣說：

「這件舊衣裳！我在家沒事的時候隨便拖拖。」

「不過你穿起來特別漂亮，你懂我的意思嗎？」麥基太太毫不放鬆。「眞應該叫吉士把你這副姿勢拍下來，我想一定可以成爲傑作。」

大家都不作聲，望着韋爾生的老婆，只見她輕描淡寫地把一股頭髮從眼睛前面掠開，對我們大家嫣然一笑。麥基先生歪着頭，朝着她左看右看，再把自己的手在面前前前後後慢慢移動幾下。

過了一會他道：「光線應當加强，要拍得好，面部的深淺應當表現出來，頭髮後面也應當有反光。」

「光線絕對不用換，」他太太挿嘴道，「照我看——」

麥基先生對他太太說了一聲「噓！」大家不禁又把視線轉同他的攝影藝術的對象，這會兒湯姆・勃堪能呵欠連聲地站起來。

「麥基，你們兩位喝點什麼，」他說。「梅朵，再弄點冰和蘇打水來，不然大家都要睡着了。」

「我早已叫過那小子去拿冰來。」梅朵眉毛豎起，言下對於佣人階級的不可靠不勝感嘆。「這班傢伙！非釘着他們不成。」

她說完對我瞧瞧，莫名其妙地大笑了幾聲。她又把裙子一甩，跑過去抱起小狗，心疼得不得了似的親親嘴，然後往厨房裏拂袖而去，好像裏面有十幾個大師傅在等候差遣的神氣。

「我在長島拍過幾張好的，」麥基先生自言自語說。

湯姆茫然對他看了一眼。

「有兩幅我們放大了掛在樓下公寓裏。」

「兩幅什麼？」湯姆不客氣地問。

「兩幅風景。一幅我給它起個名字叫『蒙淘角——海鷗飛翔』，還有一幅叫『蒙淘角——海天一色』。」

那位名叫凱塞琳的妹妹坐到沙發上我的身邊來。

「你也是住在長島嗎?」她問我。

「我住在西卵。」

「眞的嗎?我到那地方參加過一次宴會，大概一個月以前。在一個姓蓋次璧的家裏。你認識他嗎?」

「我就住在他隔壁。」

「噢，你曉得，他們說他是德國皇帝的姪兒或者什麼別的親戚，所以他那麼有錢。」

「眞的嗎?」

她點點頭。

「我見到他倒有點怕。這位仁兄不是好惹的。」

關於我的鄰居這段驚奇的情報忽然被麥基太太打斷。她用手指指凱塞琳對她丈夫說：

「吉士，你應當替她也拍一張，」她大聲嚷，可是她丈夫只無精打采地點點頭，又回過去跟湯姆談話。

「我很想到長島去多做一點生意，要是有人介紹的話。別的不怕只怕沒人介紹。」

正在這時韋爾生的老婆端了一盤東西出來，湯姆大聲一笑說，「問梅朶好了。她可以替你寫一封介紹信。是不是，梅朶?」

「寫什麼?」她頗爲驚異。

「替麥基寫一封介紹信去見你的丈夫，他可以替你丈夫拍幾張照。」他嘴唇不作聲地動了幾下，胡謅一個名目，然後宣佈道：「『汽油站大老板韋爾生先生玉照』，你們看如何？」

凱塞琳湊近我的耳邊，輕輕地告訴我說：

「他們倆的婚姻都不美滿——一個恨死了丈夫，一個恨死了妻子。」

「眞的嗎？」

「簡直恨死了。」她眼睛瞟瞟梅朶、又瞟瞟湯姆。「照我看，旣然弄到這步田地，還在一塊過什麼日子呢？要是我，我早已離婚，一刀兩斷，然後馬上彼此結婚了事。」

「她跟韋爾生的感情也不好嗎？」

我這句問話想不到由當事人自己答覆了，因爲剛好讓梅朶聽見，她的答覆是一連串又粗又髒的咒駡，把丈夫駡得一文不值。

「你瞧，你瞧，」凱塞琳得意洋洋地叫，又低下聲音對我道：「要不是因爲他的太太，他們早已結婚了。他太太是天主教教徒，他們是不相信離婚的。」

我知道黛西並不是天主教徒；湯姆居然這樣大費週折地撒謊，眞叫我有點氣憤。

「早晚他們會結婚的，」凱塞琳接着說，「結了婚之後他們打算到西部去住一陣子，等事情平靜了再回來。」

「到歐洲去不更好嗎？」

「喔，你喜歡歐洲嗎？」她出其不意地改換了題目。「我剛從蒙地卡羅回來。」

「眞巧。」

「剛剛去年的事。我跟一個女朋友一道去的。」

「待了多久？」

「沒多久。我們只去了蒙地卡羅一個地方，就回來了。我們是從馬賽去的。我們身邊帶了至少一千兩百塊錢，可是不到兩天在賭場小房間裏都讓人騙光了。不瞞你說，我們回來路上吃了不少苦頭。倒霉的地方，我眞把它恨死了！」

一片傍晚的天色在窗外展開，蔚藍而甜蜜，像地中海的水——但是麥基太太的尖聲又把我招回到屋子裏來。

「不要說你，連我也幾乎做錯了事啊！」她提高了嗓門子喊。「一個猶太小子追了我好幾年，我差一點嫁給他。我明知道他的出身比我差。大家都告訴我：『露惜呀，那小子跟你比起來，出身太差了！』要不是我後來碰到吉士，那傢伙準會逮住我的。」

「不錯，不錯，」梅朵直點頭，「但是你到底沒嫁給他呀。」

「虧得沒嫁給那個小子。」

「但是我嫁了給他，」梅朵含混不清地說。「這就是你我情形不同的地方。」

「梅朵，你當初爲什麼嫁給他呀？」凱塞琳質問她姊姊。「又沒人逼你嫁他。」

梅朵想了一想，過了半天才說：

「我嫁給他因爲我以爲他是一個上等人家出身的，我以爲他還有一點敎養，誰知道他連舐我的鞋跟都不配。」

「但是你的確有一陣子愛上他，」凱塞琳說。

「愛上了他！」梅朵好像蒙了不白之寃一樣大喊大叫。「誰說我愛上了他？要說我愛他還不如說我愛這個陌生人。」

她忽然用手向我一指，弄得大家都掉轉眼來望我看，好像我幹了什麼犯法的事一樣。我故意裝出不在乎的樣子，表示我並沒有指望什麼人愛我。

「我承認我一時胡塗跟他結了婚。當時我立刻知道我做錯了事。他結婚穿的禮服居然還是問人借來的，而且還瞞住不告訴我。後來有一天他不在家，那人來討還這套衣服。『哦，這套衣服是你的嗎？』我說，『我還不曉得呢。』你看，多丟臉！我當然馬上交還給他，過後我跑到床上埋頭大哭了一陣，哭了一下午。」

「她眞的應該離開她丈夫，」凱塞琳又跟我偸偸地說。「他們倆在那汽車行的樓頂上住了十二年。我告訴你，湯姆還是她第一個相好的。」

那瓶威士忌酒——第二瓶了——此刻大家傳來傳去，大有供不應求之勢，惟有凱塞琳一人不喝，因爲她「不必仗着酒，興致已經很高。」湯姆按鈴把門房喊來，叫他上街去買一種出名的、吃了可以當一飽的三文治，買回來大家吃，我幾次想告辭，打算到外面在黃昏裏向東走到公園那邊去，但每次我要走、一陣嘈雜尖銳的抗議聲就像亂痲一樣把我糾纏住，拉回到椅子上。可是我一面心裏想，我們這排燈火輝煌的窗戶高高在這都市之上，從底下暮色蒼茫的街道望上來不知道蘊藏着何等人生的秘密，而我腦海中也見到這麼一位過客，偶爾路過此地，抬頭望望，不知所以。我自己似乎又在裏邊又在外邊，對這幕人生悲喜劇無窮的演變，又是陶醉又是噁心。

梅朵把她自己的椅子拖到我面前坐下。不知怎的，忽然間她口中微醺的暖氣朝我噴來，連帶把她跟湯姆當初相逢的故事也和盤托出。

「你知道火車角落那兩張小凳子，總是沒人坐的。那天碰巧我們面對面坐下來。我是到紐約去準備跟我妹妹過一夜的。他穿了一身便禮服，漆皮鞋；我忍不住眼睛老是瞧着他，等他每次同我一眼時我就趕快往上看，假裝看他頭頂上的廣告。我們走進車站時，他走在我身邊，靠得很近，他那雪白，挺硬的襯衫緊挨着我的胳臂。我跟他說要是不規矩我馬上叫警察，但是他明知道我說到做不到。我興奮得迷迷糊糊地什麼都不知道，結果跟他上了一部出租汽車還以爲是和平常一樣，走上地道車哩。我只記得心裏反來覆去安慰自己說，『你又不能永遠活着，你又不能永遠活着。』」

她回過頭去又跟麥基太太交談，整個屋子充滿了她那機械式的笑聲。

「啊喲，甭再說了，」她喊道，「我這套衣裳穿過之後馬上送給你。明天我打算再去買一件，我得開一張單子，要做些什麼事。我要去按摩院，弄頭髮，替小狗買條項圈，還要買一隻那種有彈簧的、靈巧得不得了的煙灰碟，一個掛黑絲帶的假花圈，好擺在母親墳上擺一夏天。我一定要寫下來，不然的話都忘了。」

已經九點了——一會兒我再看錶時、發現已經是十點。麥基先生倒在椅子上呼呼地睡着了，兩隻手放在懷裏握成拳頭，像是一副打手的造相。我乘這機會掏出手絹，輕輕把他臉上那堆叫我心裏不舒服了老半天的肥皂沫擦掉。

那隻小狗蹲在桌上，兩眼從煙霧中盲目地朝外看，不時哼哼嘰嘰的叫喚。屋子裏的人一時不見了，一時又出現，本來計劃一同到什麼地方去，忽然又找不着對方，於是四處找，找了半天發現就在面前。快到半夜時分，湯姆・勃堪能跟韋爾生的老婆面對面怒氣冲天的吵起架來，爭的是韋爾生的老婆有沒有資格提黛西的名字。

「黛西！黛西！黛西！」韋爾生的老婆連聲嚷。「我愛叫他的名字就叫！黛西！黛——」

湯姆・勃堪能手稍微一動，一巴掌把韋爾生的老婆鼻子打出血來。

接着一陣忙亂，擦鼻血的毛巾扔得洗澡間滿地都是，女人責駡的聲音，在一切嘈雜之上還有斷斷續續痛楚的哀號。麥基先生打盹醒了，矇矇矓矓地摸索着要出去。他還沒走到門口又回頭探望一下屋子裏的情形——他太太和凱塞琳一面責駡一面安慰，同時跌跌衝衝地在笨重的傢具中間來回跑，拿這樣拿那樣，躺在沙發上的那位，垂頭喪氣，鼻子直流血，把一份「紐約閒話」報紙打開墊在頭底下，蓋住織錦椅套上的凡爾賽宮女圖。看了一看之後，麥基先生掉轉臉繼續走出門去。我也悄悄從燈架上取下我的帽子，跟着離開。

「改天過來一塊吃午飯，」我們在電梯裏空隆空隆往下走的時候，他對我說。

「什麼地方？」

「什麼地方都成。」

「別老碰電梯開關！」開電梯的小伙子毫不客氣地命令他。

「對不住，」麥基先生保持他的尊嚴說，「我還不曉得我碰了。」

「好的，」我說，「改天一塊吃午飯。」

……一會兒我發現自己站在麥基先生的床邊，他坐在被窩裏，身上只穿着內衣，手裏拿着一本大相片簿。

「『美人與野獸』……『冷清清』……『老馬識途』……『布碌崙大橋』……」

再過一會兒，我發覺自己半睡半醒，躺在賓夕文尼亞車站下層冰冷的候車室裏，眼睛瞪着「紐約論壇報」，呆呆地等清早四點鐘的那班火車。

3

整個夏天、晚上有音樂聲音從我鄰居的住宅那邊傳過來。紅男綠女在他的庭院中像飛蛾一般穿來穿去——喁喁的私語、汩汩的香檳酒與燦爛的星輝交織。下午潮漲的時候，只見海邊他的賓客一個個在高板上跳水嬉戲，或是躺在他的私人沙灘上晒太陽，或是搭着滑水板拖在他的兩艘摩托艇後邊，在海灣裏轉來轉去，剪水急駛、攪得浪花四濺。每逢週末，他的英國勞斯萊斯轎車好像變成公共汽車一樣，從早晨九點到深更半夜往來城裏接送客人，同時他另外一部旅行車也像隻黃硬殼蟲，蹦蹦跳跳，到火車站去接所有紐約來的班車。到了星期一，八個佣人，外加一個臨時僱的園丁，用抹布、板刷、釘錘、剪刀等等工具忙着修補前一晚被客人糟蹋的地方。

每星期五，紐約一家水菓行照例送來五箱橘子和檸檬——星期一，橘子皮，檸檬皮變成一大堆稀爛的垃圾又從他的後門運出去。他厨房裏有一架榨菓汁的機器，僕人只要用大拇指把機扭按兩百下，半小時之內就可以榨出兩百隻橘子的汁。

至少每兩個週末一次，大隊人馬從城裏某某名菜館下來，帶來幾百呎帆布帳篷和數不清的五顏六色的小電燈，把蓋次璧偌大的花園佈置得像一棵聖誕樹。園宴的自助餐桌上擺滿了亮晶晶的冷盤，五香火腿緊挨着精巧的生菜色拉，金黃的燒乳豬和烤火鷄，摩肩擦踵，五花八門，色香味俱全。大廳裏面，臨時設起酒吧，底下一長條搭脚的銅桿，裝潢得跟眞的酒吧毫無分別。酒吧裏面各式飲料一應齊備：燒酒、威士忌、甜酒，名目繁多，有些是早已不見的珍品，多半的女客們年紀太輕，簡直叫不出名堂來。

等到晚上七點，舞樂班到齊，不是什麼因陋就簡的五人小樂團，而是全班人馬，簫、笛、喇叭、大提琴、小提琴，高音銅鼓、低音銅鼓，應有盡有。海灘游泳的男女客人現在都已進來，正在樓上換衣服；紐約來的豪華轎車一排一排停在門口車道上。屋子裏穿堂、客廳和陽臺，到處已經是五彩繽紛，小姐們剪短的頭髮爭奇鬪艷，少奶奶們戴的頭紗是西班牙的貴婦也夢想不到的。酒吧那邊生意興隆，一盤一盤鷄尾酒端到花園裏在客人中間左右盤旋。整個空氣像觸電一樣充滿了談笑聲——熟人你我漠不經心地打趣，陌生人雙方才介紹，登時忘了一乾二淨，女太太們親熱地擁抱招呼，其實彼此始終不知道姓名。

大地一步一步踉蹌地離開太陽，電燈顯得更加明亮，此刻樂班在奏黃色鷄尾酒樂，衆人歌劇式的大合唱不知不覺提高了一個音節。跟着一分一刻的消逝，歡笑的聲浪越來越容易，大量地流着，有時像裝了滿滿的杯子，只消一句發噱的話，就會噗哧一聲倒出來。這兒一堆那兒一堆的人此分彼合，有的剛來、有的要去；有些年輕的姑娘已經像老油子的模樣，在不動彈的人叢中穿來穿去，一會兒歡聲鼎沸、成爲這一羣的注意集中點，一會兒又得意洋洋在千變萬化的燈光下移步到另一羣不同的面孔、不同的聲音、不同的顏色當中去。

忽然間有這麼一位蕩來蕩去、吉布賽派的姑娘，滿身鑲着閃爍的鑽石，也不知那兒抓來一杯鷄尾酒，一口乾掉壯壯膽子，然後兩手舞動，身子亂扭，跳到舞池中間去來一個單人表演。在這一刹那，大家肅靜；樂班指揮馬上很合作地改變了拍子來爲她伴奏；當嘈雜的人聲再度揚起時，一陣謠言已經傳遍，說這姑娘不是別人正是百老滙紅舞星吉爾達•葛雷的臨時替角。不消說，這晚的好戲開場了。

我相信那天晚上在蓋次璧家眞正被請的人不多，可是我倒是其中之一。一般人都不需要什麼請帖，他們是自動來的。他們坐上汽車，車子開到長島來，也不知怎麼的、臨了大家總是闖上蓋次璧的門，一到之後總會有人替他們介紹一下蓋次璧，介紹之後他們就可以出出進進，舉止行動跟在任何娛樂場所一樣了。有些人甚至於從頭到尾根本不跟主人照面；他們只要懷着一片赤子之心而來，準備盡情享樂一下，單單憑這個資格就會受到歡迎。

不錯，我的確是被請的。那天星期六一大早，一個穿淺藍制服的車夫越過我的草地送來一封措詞非常客氣的請柬，內容大致說當晚謹備菲酌候光，又加上兩句久擬趨訪……俗務羈身……等話——底下是傑•蓋次璧的簽名，筆跡有龍飛鳳舞之勢。

到了晚上七時許，我穿上一套白法蘭絨便裝走過去到他的花園裏，很不自在地在東一撮西一撮的陌生人中晃來晃去——雖然我不時也碰到一兩個進城在火車上見過的熟面孔。最引我注意的是客人中夾雜着不少英國青年，一個個都是衣着整齊，面有饑色，低聲下氣地跟面團團的美國富家翁談話。我敢說他們都在推銷什麼——不是股票、保險、就是汽車。無論如何，他們心裏有數

：這裏有大好的錢可賺，只要他們三言兩語說得投機就可以滿載而歸。

我一到之後就設法去找主人，可是問了兩三個人，他們都用極其詫異的眼光對我望望，同時絕口不承認他們知道蓋次璧的行踪，我只好偷偷摸摸地挨近鷄尾酒吧——只有在那裏、一個單身漢可以留連一下而不會顯得孤獨和無聊。

我侷促不安，只顧喝下去，差不多酩酊大醉了，正在這時看見喬登·貝克從屋裏走了出來，站在大理石臺階最上一級，身體微向後仰，眼睛含有藐視而好奇的神氣，在俯瞰花園裏的衆生相。

不管她歡迎與否，我馬上走上前去；我實在需要找一個人來釘住，不然的話恐怕要逼得跟來往的客人開始寒喧熱鬧了。

「哈羅！」我大吼一聲，走上前去，我的嗓子在花園的空間裏聽上去似乎大得很不自然。

「我正在想你也許會來的，」她等我走近然後心不在焉地跟我搭訕。「我記得你說你是他的鄰居——」

她無所謂地拉住我的手，表示她馬上再來理會我，一面招呼着臺階下兩個穿同樣黃色衣裙的女郎。

「哈羅！」她們同聲喊。「可惜你沒贏啊！」

原來喬登上星期參加過一次高爾夫球比賽，但在決賽中失敗了。

「你不認得我們吧？」黃衣女郎中的一個說，「我們一個多月以前在這兒見過的。」

「你把頭髮染過了，」喬登對她說，我覺得有點突然，但黃衣女郎已經雙雙走開，喬登這句話等於是對着月亮說的——天空中突然出現銀盤也似的月亮，和當晚的酒菜一樣，無疑也是餐館包辦的。喬登用她金黃的手臂挽着我，我們走下臺階，在花園裏閒步着。在暮色蒼茫中，一盤鷄尾酒向我們飄來，我們隨便找了一張桌子坐下，同桌的還有那兩個黃衣女郎和三位男客，一一介紹之下，只聽見姓名都是「唔嚷先生」。

「你常來參加此地的宴會嗎？」喬登問她旁邊的那個女郎。

「我上次來這兒就是見到你的那一次，」女郎回答，聲音很機靈而有自信力。「露西，」她轉身問她的朋友，「你是不是也是如此？」

露西也是如此。

「我喜歡來這兒，」露西說。「我向來不在乎到什麼地方，做什麼事，所以我每次來總是玩得很開心。上次我來的時候，不小心把衣裳在椅子上撕破了，他馬上問了我的姓名、地址——不到一個禮拜，夸耶公司送來一包東西，裏面是一套簇新的晚禮服。」

「你收下來沒有？」喬登問。

「當然收下來啦。我本來今晚想穿的，但是那套衣裳胸口做得太大，得送去改一改。衣裳料子是灰藍色的，上面鑲着淡紫的珠子。定價兩百六十五元。」

「我覺得有點古怪，怎麼會這麼大的手面，」另外一個黃衣女郎搶着說。「他眞是什麼人都不願意得罪。」

聽。

「誰不願意得罪人？」我問。

「蓋次璧呀，還有誰！有人告訴我——」

兩個女郎和喬登把頭攢在一起，似乎交換什麼秘密一樣。

「有人告訴我，大家猜想他從前一定殺過人。」

一聽這句話、我們幾個人不約而同地打了一個寒噤。三位「唔噥先生」也把頭伸過來側耳細聽。

「我想不見得有那同事吧，」露西抱着懷疑的態度分辯道：「多半是因爲在大戰時他當過德國間諜。」

三位男士中有一位點頭稱是。

「我也是聽人這樣說。這人是從小跟他在德國一塊長大的，他的事什麼都知道，」這位客人毫無疑問地向我們保證。

「不會，不會，」第一個黃衣女郎又說，「打仗的時候他是在美國陸軍服役的。」我們把注意力又轉向她的身上，她再靠攏一點、津津有味地說：「你只要乘他不注意的時候瞧瞧他那副神氣。要不是殺過人的我才不信呢。」

她把眼睛閉攏，渾身發抖。露西也在發抖。於是我們大家掉轉身來去看蓋次璧在那裏。這年頭別人的私生活早已是公開談話的資料，無須避諱，可是大家談起蓋次璧來還是這樣交頭接耳，鬼鬼祟祟的，這也足以證明他這人是怎樣充滿了羅曼蒂克的神秘意味了。

此刻第一頓晚飯開出來了——午夜後還有一頓——喬登邀我過去參加花園那邊跟她一齊來的一夥朋友。這桌坐的有三對夫婦，外加喬登的男朋友，一個神氣活現的大學生，說起話來老是醉翁之意不在酒，看上去他蠻有把握喬登早晚會多多少少委身於他的樣子。這夥人不像別的客人那樣東跑西竄，他們帶着驕矜的表情，大有代表東卵貴族階級過來臨幸西卵的氣概，同時保持着一種尊嚴，不屑像其他客人那樣大玩大樂。

在這個園子裏，半小時的光陰無謂的荒費掉，喬登輕輕對我說：「咱們走開吧，這裏太拘束了。」

我們兩人站起來，她道歉說她要帶我去見見主人，因爲我還沒有見過蓋次璧先生，有點不好意思。那位大學生點點頭，又像是不在乎，又像是很低沉。

我們先到酒吧間去張了一張，擠滿了人，但蓋次璧不在那裏。喬登走到臺階上頭，找不到他，又走到陽臺上看，也沒有。我們一眼瞥見一扇形狀森嚴的門，推開進去一看是一間高高的、歌德式的藏書室，四壁鑲的是古色古香的英國雕花橡木，整個裝修可能是從海外哪一個地方的古堡裏拆下來運過來的。

一個矮胖的中年人，鼻上架着老大的一副貓頭鷹式眼鏡，正在醉醺醺地坐在一張大桌子邊沿上，兩眼迷迷糊糊地盯着書架上一排一排的書看。聽見我們進來，他慌忙轉過身來把喬登從頭到脚打量了一番。

「你看又覺得怎樣？」他冒冒失失地質問。

「看什麼？」

他把手向書架一揚。

「看這個。其實你也不必仔細看了。我已經仔細看過。都是眞的。」

「什麼都是眞的？這些書？」

他點點頭。

「眞正地道的書，裏面一頁一頁的，什麼都有。我起先還以爲只是硬紙糊的書壳子。但是仔細一看，絕對是眞的。一頁一頁的——喏！你來看看。」

他不由分說，只當我們也跟他一樣的多疑，立刻搶到書橱面前，拿回來一本「史道德先生講學全集」卷之一。

「你們看！」他得意非凡、直嚷道。「一本地地道道的印刷品，眞把我唬住了。這傢伙簡直比得上戲劇大王畢拉斯哥，神通極了。這些佈景道具，多麼仔細！多麼逼眞！而且並沒有做得太過份——你看，一頁一頁的並沒有裁開。你想多麼棒！你還要怎樣？還有什麼話說？」

他從我手裏把那本書一把奪回去，急急忙忙在書架上放回原處，嘴裏嘰哩咕嚕，說什麼假使一塊磚頭不見，整個藏書室就會垮掉。

「誰帶你們來的？」他質問。「還是不請自到的？我是有人帶我來的，多半的客人都是別人帶來的。」

喬登很機靈，很起勁地瞧着他，但並沒有答他的話。

「我是一位姓羅斯福的太太帶我來的，」他接着說。「克勞德·羅斯福太太。你們認得她嗎？我昨晚不知道在什麼地方碰見她。我已經醉了差不多一個禮拜了，我以爲在藏書室裏坐一會兒酒會醒醒的。」

「有沒有醒？」

「我看醒了一點。還不敢說。我在這兒剛坐了不到一個鐘頭。我有沒有告訴你這些書？都是眞的。都是——」

「你已經告訴過我們了。」

我們很嚴肅地和他握握手，然後回到外邊去。

此刻花園裏跳舞在進行了；老頭子推着妙齡女郎向後倒退，繞着永恒的圈圈；高傲的時髦男女彼此苦苦擁抱着，與衆不同地守在一個角落裏跳——還有好些單身女郎，有的單人獨馬在跳，有的挿進舞樂班去把月琴或小銅鼓搶過來耍幾下。到了午夜大家興致更濃。一位有名的男高音歌星唱了一支義大利曲子，還有一位聲名狼藉的女低音唱了幾段爵士音樂；在每個節目之間別的客人也在花園中到處「表演」。快樂、空洞的笑聲此起彼伏，消散到夏夜的天空裏。一會兒舞場上又出現了一對假雙胞的戲子——一看原來就是那兩個黃衣女郎——她們換了一套行頭，客串表演一齣「小囡囡戲」。香檳一杯一杯的端出來，杯子比洗手指用的玻璃盌還要大。月亮升得更高了，海灣水面上飄浮着一副三角形的銀色天秤，跟着草地上月琴一滴一滴鏗鏘的聲響微微顫動。

我仍然和喬登·貝克在一起。我們坐的一桌上另外有一位跟我年紀相差不遠的男客，和一位粗聲大氣的小姑娘，她動不動就毫無控制的放開喉嚨呵呵大笑。我現在玩的也挺高興了。我已經兩大盌香檳喝下肚，眼前滿園景色不知何時改變成爲一幅充滿哲學意義和人生奧妙的圖畫。

乘着餘興節目過程中比較安靜的時候，那個男的對我看看、笑着客客氣氣地問我：

「您很面善。您不是打仗的時候在陸軍第一師服役的？」

「一點不錯。我在步兵二十八連。」

「我是十六連，一直到一九一八年六月。我一看就知道我在哪兒見過您的。」

我們交談了一會，彼此同味法國所見的一些陰雨、凄涼的小村莊。這位客人顯然是住在此地附近的，因爲在談話中他告訴我他剛買了一架水上飛機，準備明天早晨去試飛一下。

「高興一塊兒去玩玩嗎，老兄？就在海灣沿着岸邊轉轉。」

「什麼時候？」

「隨便什麼時候，隨您的方便。」

我正想問他尊姓大名，喬登掉轉頭來一笑。

「現在玩得開心一點嗎？」她問我。

「好多了。」我又轉臉對我的新交說：「今晚這宴會對我來說有點特別。我還沒有見到主人呢。我就住在那邊——」我朝着遠處看不見的一排多青樹把手一揮，「這位姓蓋次璧的今天早上派了他的司機過來送一份請帖。」

他朝我望了半晌，好似沒聽懂我的話。

「我就是蓋次璧，」他忽然說。

「什麼！」我大叫。「噯呀，眞對不起！」

「老兄，我還以爲你知道。恐怕是怪我不會做主人。」

他朝着你一笑，表示彼此會意——不，更勝於會意。他那種笑容是你一輩子也難得遇見四、五次的，笑得使你心裏非常舒服，好像他本來是以這副笑臉去應付宇宙萬物的，可是最後不由自主只能爲你，專門爲你而笑。他這一笑向你表示他瞭解你，相信你，並且告訴你他對你的印象正是你最得意時希望給予別人的印象。恰好在這個關頭他收斂了笑容——我眼前看到的不過是一位風度翩翩的魯男子，三十一、二歲模樣，說起話來故作斯文，幾乎有點滑稽。在他沒有自我介紹以前我就已經覺察、他說話時用字很謹愼。

差不多正當蓋次璧露自己身份時，一個聽差匆匆忙忙跑上來告訴他芝加哥有長途電話。他起來微微欠身道歉，很週到把大家一一包括在內。

「老兄，您要什麼儘管開口，」他慇懃地對我說。「對不起。一會兒再來奉陪。」

他走開之後，我馬上轉向喬登——急於要向她表示驚異。我早先以爲蓋次璧先生是一位紅光滿面、肥頭大耳的中年人。

「他是誰？」我迫切切地問。「你知道嗎？」

「他就是蓋次璧，還有什麼？」

「我要知道他是從那裏來的，做什麼事的？」

「你瞧，你也來揣摩這個問題了，跟大家一樣，」她沒力地笑道。「讓我看，有一次他跟我說他是牛津大學畢業的。」

我聽了這話腦海中對蓋次璧的身世開始形成一種模糊的構想，但是她底下一句話一說一切又都消散了。

「可是我不信他的話。」

「爲什麼不信？」

「我不知道，」她堅持道，「我只是不相信他會在牛津唸過書。」

她說話的口氣不知怎麼的令我想起先前那個女郎的話——「我猜想他殺過人」——使我好奇心更加激動。隨便說蓋次璧的出身怎樣寒微我都可以接受而不加疑問：是魯易西安那州的沼澤地區也好，紐約東城下邊的貧民窟也好，凡人總有一個底子。要是說一個年紀輕輕的人，不知從何而來，就會輕易在長島購置這樣一座宮殿式的別墅，那至少由我這鄉下人的眼光看來，是不可能的事。

「不管怎樣，他常常開大宴會，」喬登不耐煩多談實際問題，油滑地轉過話題來說。「我最喜歡大宴會，多麼親熱，大家各管各的。小的聚會痲煩死了，一點都不得清淨。」

這時大鼓忽然轟隆隆一陣響，樂班指揮提高嗓子，聲音傳來蓋過花園裏衆人的嘈雜。

「各位來賓，」他宣佈道。「奉蓋次璧先生之命，我們現在要爲各位演奏音樂大家佛萊廸米·托斯陀夫先生的最新作品，就是五月裏在卡內基音樂廳演出大受歡迎的。各位看報知道，那是哄動一時的事。」他笑容滿面同時又帶諷刺口吻加了一句：「眞叫哄動一時！」引得大家都笑起來。

「這篇樂章，」他繼續用洪亮的聲音介紹，「是叫做『佛萊迪米・托斯陀夫的爵士音樂世界史』。」

托斯陀夫先生這篇樂章有什麼講究，我沒機會注意，因爲正在樂聲揚起時我瞥見蓋次璧，一個人站在大理石台階上面，用滿意的目光從這一夥人看到那一夥人。他皮膚晒得微黑，緊綳在臉盤上，光滑而英俊，頭髮剪得短短的，像是每天都有理髮師修剪的樣子。我瞧不出這人有什麼陰險的像貌。我不知道是否因爲他不喝酒的關係，使他跟他的客人們迥然不同，似乎大家越是玩得放浪形骸，蓋次璧反變得越發拘謹。等到「爵士音樂世界史」演奏完畢，青年女郎有的像小哈吧狗一樣把頭依偎在男人肩膀上，有的嬌聲怪氣暈倒在男人懷裏，有的爽性朝後一仰，明知倒在人羣中有人托住、不怕跌倒——可是沒有人暈倒在蓋次璧的懷裏，沒有法蘭西式短髮的姑娘依偎在蓋次璧肩頭，也沒有喝得醉醺醺，三缺一的合唱團來拉蓋次璧加入。

「對不起，小姐。」

蓋次璧的聽差忽然在我們身旁出現。

「是貝克小姐嗎？」他必恭必敬地問。「對不起，蓋次璧先生請您說話。」

「請我？」她驚奇地問。

「是，小姐。」

她慢慢站起來，向我聳一聳眉毛表示莫名其妙，然後跟着聽差向房子那邊走去。我注意到她穿晚裝，穿任何服裝，都像穿運動裝一樣——走動的時候有一種矯健的步伐，似乎她從小就是每天一大早在空氣清新的高爾夫球場上學走路。

我又落了單，時間已快兩點了。從陽台上燈火輝煌的大客廳裏傳來一陣陣亂七八糟而引人入勝的聲音。陪喬登來的那位大學生此刻正被兩個舞班姑娘糾纏住，招架不來，拚命央求我去加入助陣，可是我設法規避了，趕快走到室內去。

大客廳擠滿了人。兩個黃衣女郎之一在彈琴，她身旁站着一個高頭大馬的紅髮少女，也是從某某著名舞班來的，正在那裏表演獨唱。看她的樣子已經喝了不少香檳；她唱着唱着忽然傷感起來——一面繼續唱一面流眼淚，每唱完一段，她就用嗚嗚咽咽、抽抽噎噎的哭聲過門，接着又跟上歌詞用她那女高音的尖嗓子抖抖地唱下去。她眼淚慢慢流下來，經過畫過的眼睫毛之後變成黑墨水，然後沿着面頰彎彎曲曲再往下流，好像兩條小黑水河一樣。有人開她玩笑說，爲什麼不唱她劃了滿臉的樂譜，她聽了這話爽性把兩手向上一扔，倒在椅子上，醉呼呼地睡着了。

「她剛才跟一個自稱是她丈夫的男人打過一場架，」我身旁一位女士替我解釋說。

我四週圍看看。多半還沒走的女客現在都在跟她們所謂的丈夫吵架。連喬登的那夥朋友，從東卵來的四位，也爲了意見不和呈現分裂的狀態。他們之中的一位男客正在聚精會神跟一個年輕的女戲子交談。他的夫人起先還維持尊嚴，嗤之以鼻，表示不屑過問，到後來原形畢露，也顧不了那麼多，公然對她的老爺採取側面攻擊——不時走上前來向他耳中惡蛇一般地嘶道：「你答應我的！」

留連忘返的不只限於不規矩的男客。穿堂裏此刻有兩對夫婦，男的一本正經、毫無醉意，兩位太太却怒氣冲天提高了嗓子彼此在訴苦。

「每次他一看見我玩得開心他就要回家。」

「太自私自利了！」

「我們隨便到哪家去總是第一個走。」

「我們也是這樣。」

「不是我說，今晚我們幾乎是最後一個了，」老爺中之一訕訕地說。「連樂班子已經走了半個鐘點了。」

儘管兩位太太同意老爺們不通人情、大煞風景，這場糾紛終於在一陣扭打中結束，兩位老爺把太太連踢帶喊地拖出大門拉到黑夜裏去。

我正在穿堂中等聽差替我拿帽子，藏書室門開處，喬登・貝克和蓋次璧一同走了出來。他似乎還有幾句什麼話要叮囑她，剛好有幾位客人走過來和他告別，他原先急切的表情現在又變成拘謹。

喬登的那夥朋友在門口台階上不耐煩地連聲催她，可是她逗留了一下跟我拉手。

「我剛才聽到一個好奇怪的故事，」她悄悄地對我說。「我跟他在裏邊待了多久？」

「哦，差不多一個鐘點。」

「簡直……奇怪得不得了，」她漫不經心地重覆說。「可是我剛才發誓不告訴別人，現在已經在逗你了。」她曼妙地對着我的臉打了一個呵欠。「有空請過來看我……電話簿裏……西古尼·哈華德太太名下……我的姑媽……」她匆匆忙忙邊說邊走，又向後揮了一下她那隻晒得黑黑的手做為告別，然後就在門口跟她那夥朋友打成一片。

我自己覺得有點不好意思，第一次來就待得這麼晚。其他剩下來的幾位客人包圍着蓋次璧，我也擠上去。我要向他解釋我早先一到之後就到處找過他，同時再要向他道歉在花園裏當面都不認識。

「沒有關係，」他懇切地安慰我。「請別放在心上，老兄。」他嘴裏這樣稱呼我，手拍拍我的肩膀，好像已經是知己朋友，可是言語舉動都沒有知己的意味。「別忘了，明天早上我們要去試一試那架水上飛機，早上九點。」

聽差又在他背後出現。

「先生，費城有長途電話請您說話。」

「好，就來。告訴他們我就來……再會。」

「再會。」

「再會。」他又滿臉堆笑——使你立刻感覺到愉快而有殊榮，待到這樣晚才走，似乎是被主人特為挽留的。「再見，老兄……再會。」

我走下門前台階時發現今晚的戲還沒有完全散場。離大門不到五十呎遠近，至少有一打汽車燈照亮了一個亂七八糟、怪誕不經的場面。一輛簇新的跑車，兩分鐘前剛從蓋次壁門口開走的，現在歪倒在路旁溝裏，一隻車輪硬給撞落下來——原來是圍牆突出一塊，開車的沒看見而出了這個意外。五六個好奇的司機正在圍着審察車子的傷勢，可是他們把自己的車子丟在路中間阻碍了交通，後面車輛排成長龍，已經不耐煩地按了好久喇叭，一片刺耳的聲音使整個場面更顯得混亂。

一個穿着汽車外套的人從撞壞的車子裏踉蹌走下來，站在路中間，兩眼看看車子、又看看車胎、又看看所有的旁觀者，臉上和顏悅色，茫然不知其所以然的樣子。

「你看！」他自言自語解釋道。「車子開到溝裏去了。」

聽他的口氣，似乎這件事的發生使他感到無限驚奇。這驚奇的口氣聽上去特別熟，再一看人——不就是早先在蓋次壁藏書室裏碰見的那位。

「是怎麼會出事的？」

他把肩膀一聳。

「對於機械方面，我一竅不通，」他斬釘斷鐵地說。

「究竟是怎麼會出事的？你把車子撞到牆上去了嗎？」

「不用問我，」貓頭鷹說，好像完全撒手不管了。「我不大懂開車——一點兒都不懂。我只知道車子出了事，別的什麼都不知道。」

「這麼說，你自己承認開車開得不好，那末晚上就應當特別小心呀。」

「我沒有特別小心，」他氣憤憤地解釋，「我一點沒有特別小心。」

聽了這話，兩旁的人十分驚異，一時鴉雀無聲。

「你要找死嗎？」

「算你運氣，只撞掉一隻輪子！開車開得不好，還不特別小心！」

「唉，你們弄錯了，」這位十目所視的罪犯分辯道。「開車的不是我。車裏還有一個人。」

這句話一聲明之後，衆人更爲吃驚，異口同聲地叫：「噢——啊——啊！」同時那輛跑車的門也慢慢開了。此刻四圍已經擠滿一大圈人——車門一開大家不禁向後倒退一步，等到車門敞開又等了好半天，像有鬼一樣，然後非常慢地、一段一段地，一個面無人色、身體搖搖晃晃的高個子從撞壞了的汽車裏跨了出來，先用脚上穿的漆皮舞鞋在地上戰戰兢兢試探了幾下。

此人三分像人七分像鬼，兩隻眼睛被其他車輛的燈光照瞎了，腦子裏被一片汽車喇叭聲吵得發昏，站在那裏搖晃了一會才認識他那位穿汽車外套的同伴。

「什麼事？」他很鎮靜地問。「我的汽油不夠嗎？」

「你看！」

衆人不約而同，指手劃脚地叫他注意撞落的車輪——他瞪眼看了半晌，然後仰天望望，好像輪子是天上掉下來的。

「輪子撞掉了，」有人給他解釋。

他點點頭。

「我起先還沒知道車子停住了。」

又隔了一會。那人長噓一口氣，挺出胸膛，用堅決的聲口說：

「哪位……告訴我……哪兒有汽油站？」

四圍的人——有的只比他少醉一點——七嘴八舌替他解釋：車輪跟車身早已分了家了。

「把車子倒出來，」過了一會他又出主意。「把車擋放在倒車。」

「怎麼行？你輪子撞掉了啊！」

他遲疑了一會。

「試試也無妨。」

後面車子喇叭一片連番怪叫此刻達到高潮，我也掉轉身，穿過草地自管同家。走了一半我回頭看了一看。薄薄的一片月亮照在蓋次璧別墅的上面，使夜色跟先前一樣美好，花園在月光下依舊燦爛而歡笑早已消逝。他的窗戶以及大門，此刻只覺得一片空虛，顯得主人分外孤零，隻身單影的站在台階上，一手高舉，做禮貌上惜別的姿勢。

我寫到這裏，自己重讀一遍，覺得也許會給人一種印象，以爲我以上所記的那三個不同的晚上，彼此相隔幾個星期所發生的事，佔據了我全部精神。其實不然，這三晚的事對我只不過是很忙的一個暑期中兩三件平常的事，是到後來才引起我特別注意的：當時我最關心的還是我自己的事。

那年夏天多半的時間我是花在工作上。每天一大早太陽把我的影子投到西邊，我的脚步在紐約「下城」摩天高樓的裂罅中快快走到「正誠信託公司」去上班。我跟公司裏其他學徒和年輕的股票掮客搞得廝熟，中午跟他們一同到附近小餐館去，吃些香腸和爛山芋，再加一杯咖啡，當午飯。我居然還跟會計課的一個女書記好過一陣。她家住在澤西城，可是她哥哥後來對我不大客氣，因此等到七月她去度假的時候我就乘機不了了之。

晚飯我多半在耶魯同學會吃——不知爲什麼這是一天中最悽慘的一項節目——晚飯後我到樓上圖書室裏去用功一小時，研究研究投資市場和證劵交易的學問。同學會裏總不免有幾個胡調朋友，但是他們絕不光顧圖書室，所以那裏倒是可以安安靜靜工作的地方。自修之後，如果天氣不壞，我就安步當車沿着馬廸遜路走下去，經過老茂利山飯店，再往橫裏沿三十三街走，到賓夕文尼車站。

我在紐約住慣了倒很喜歡，大都市夜晚有一種放縱和冒險的情調；街上男男女女和往來的車輛使你目不暇給而感到一種滿足。我喜歡在五馬路上蹓躂，在人羣中挑出美麗神秘的女人，幻想幾分鐘之內自己就會做她們的入幕之賓，人不知鬼不覺的，也不會有人反對。有的時候，在我構想中，我跟着她們轉彎抹角走到她們的公寓，到了門口她們回頭向我嫣然一笑，然後在門內溫暖的黑暗中隱去。迷人的都市黃昏有時使我感覺到孤寂和悵惘，同時也覺得別人有同感——當公司僱員的那些窮小子在商店橱窗前面徜徉，捱到了時候去哪裏吃一餐冷冷清清的晚飯——黃昏中的青年僱員，虛度了一晚，一生最值得珍惜的時辰。

有時晚上八點左右，我在四十幾街那個區域看見大街小巷擠滿了生氣勃勃的出租汽車趕到戲院去，我心中忽然感到一陣空虛。汽車停下時車裏邊人影依偎，歌喉輕轉，聽不見的戲謔引起了笑聲，香煙點燃起來一圈圈的紅光閃動。我這時腦海中恍惚我自己也是個中人，在陪着膩友追尋歡樂，我不禁暗中爲他們祝福。

有好一陣子我沒有見到喬登・貝克，可是夏天過了一半時我又找到她。起初我很引以爲榮，陪她到東到西，因爲她是一位大名鼎鼎的高爾夫球健將。後來我的感覺却不止此。我不能說我眞愛上了她，可是我漸漸對她起了一種溫柔的好奇心。她經常對人擺架子，態度驕傲，我想一定有什麼不可告人的事——一般人裝模作樣結果多半是有事要隱藏，雖然起初並不如此——後來有一天我無意之間發現了是什麼。那天我們兩人一同到瓦偉克一個朋友家去做客，她借了一部車子開，車篷敞開沒關、被雨淋濕了，後來她撒了一個謊，推到別人身上——這件小事忽然令我想起那天晚上我在黛西家第一次和她見面時，似乎記得聽到過關於她有過什麼謠言，但一時記不清底細，現在我想起來了。幾年前她初次出馬參加一項重要的高爾夫錦標賽時，在複賽那一循環裏有人指控她把球在草中移動。當時她一口不承認，在評判員、賽員和觀衆之間一時引起軒然大波，幾乎鬧到登報，後來一位揹球棒的小孩改了口供，其他唯一能做見證的人也承認可能看錯。一場風波才平息下去。可是這個事件，以及當事人的姓名，却在我腦中留下痕跡。

喬登・貝克本能地避免跟聰明、厲害的男人們交往；我現在才懂得這是因爲她覺得跟老實人爲伍比較保險，在這個圈子中沒人會想到做任何越規的行動。她自己天性不誠實，無法改變。她凡事不甘後人，因此我想她從小就學會了欺騙，這樣一方面能永遠對別人做出一副蠻不在乎的神氣，一方面又能滿足自身的堅强的需求。

可是她這個缺點我並不介意。女人不誠實，是不可責之過深的——我對於喬登的行爲只是稍微感覺遺憾，過後也就渾然忘記了。也是我們同去人家做客的那一天，我們倆爲了開車的問題有過一段奇怪的對話。事情是這樣開始的：路邊有一夥工人，她開車緊靠着邊上掠過，車上葉子板竟然擦着一個工人外衣的鈕子。

「你開車太大意了，」我立刻提出抗議。「最好小心一點，不知道小心就不要開車。」

「我很小心。」

「你一點也不小心。」

「我不小心，別人會小心，」她很輕鬆地說。

「這跟你開車有什麼關係？」

「別人小心就會躲開我，」她堅持說，「要兩方面都不小心才會發生車禍。」

「假使你碰到一個跟你一樣不小心的人，你怎麼辦？」

「我希望不會碰到那樣的人，」她回道，「我討厭別人不小心。也就是爲了這個緣故，我喜歡你。」

她那對灰色瞇瞅眼一直往前看，目不轉睛，但是她說這話顯然存心把我們兩人之間的關係改變了，令我一時在想可能我眞愛她。可是我思路向來遲鈍，而且自身有許多守則，約束自己感情的衝動。別的不說，第一步我得把留在家鄉的那段糾葛一刀兩斷才行。事實上我每星期還跟我那位女朋友寫信，信尾簽署：「你親愛的尼克。」我只記得每次我的女朋友打過網球之後，嘴唇上邊像長了小鬍子一樣，總有幾粒汗珠。不管怎樣，我們彼此的確有過一點意思，非得好好地解除，然後我才可以自由。

每一個人都相信他自己至少有一件美德，我的美德就是誠實。世界上我所知道的誠實的人不多，而我是其中之一。

4

禮拜天早上，當沿海每個小鎮的教堂鐘響時，凡夫凡婦重新光臨蓋次璧的別墅，在他草地上嘻嘻哈哈說閒話。

「他是一個販私酒的，」小姐、少奶奶們一面欣賞他的美酒和奇花一面這樣說，「有一回他殺了一個人，因爲那人發現他是德國與登堡將軍的姪兒、魔鬼的表兄弟。喂，替我摘一朵玫瑰來，我的心肝，再替我倒一滴酒在那邊那隻水晶杯子裏喝喝。」

有一次坐在火車上無聊，我拿了一張時刻表，在空白中間把那年夏天蓋次璧別墅裏佳賓的姓名一一寫下來。現在這張時刻表已經是陳跡了，紙摺的地方快要解體，上面印着一行字：「此表一九二二年七月五日起有效。」但我還依稀認得出我用鉛筆寫下的那些人名，這對讀者來說也許比聽我籠統地形容可以知道更清楚一點，是哪一幫人當初上蓋次璧的門吃喝，到頭來對於蓋次璧的底細却一無所知——這樣也許無形中對他表示恭維一樣。

那末先從東卵說起。來的客人當中有畢克夫婦，厲治夫婦，一位我在耶魯認識的姓彭森的，還有薛維特醫士，就是去年夏天在梅茵州度假淹死的那位。還有侯賓夫婦，威利．伏泰爾夫婦，和赫白克一家大小，他們在酒會裡老是堅壁清野，採取孤立主義，見別人走近他們，就像山羊一樣，一個個鼻孔朝天。此外有伊士美夫婦，柯斯蒂夫婦（實際上是胡伯・奧爾巴陪着柯斯蒂的太太同來的），和愛德加・皮佛，就是後來據說有一年冬天頭髮不知怎麼一晚變得全白的那位。

我記得克拉倫斯・安狄夫也是東卵來的。他只來過一次，穿着一條白色高爾夫褲，還在花園裏跟一個姓艾提的無聊角色打了一場架。從長島更遠的地方來的有基多夫婦，史雷德夫婦，和喬治亞州人阿伯拉姆夫婦，再有費士嘉夫婦和史奈爾夫婦。史奈爾本人在下獄的前三天還來參加過一次宴會，他那天喝得爛醉，倒在石子汽車道上，右手竟被斯偉特太太的車輪軋過。那對姓但賓的夫婦也常來，還有快七十高齡的S・B・懷特貝特，毛理斯・福林克，韓慕海夫婦，做烟草生意的那位姓畢路加的，以及畢路加帶來的姑娘。

西卵來的客人有波爾夫婦，茂雷第夫婦，西席爾・羅伯克，西席爾・項恩，和州參議員顧立克；還有「超越影片公司」的大股東牛頓・奧吉德，和艾克豪斯，克萊德・可享，唐・史華妶（小史華妶）和阿瑟・麥加梯——他們都是多多少少跟電影界有關係的。還有凱德烈甫夫婦，班姆堡夫婦和歐爾・墨爾東——就是後來謀殺髮妻的那個姓墨爾東的人的哥哥。以地產投機發財的達・馮太諾也來過，還有愛德・李格羅和綽號叫「酒鬼」的傑姆士・菲萊特和地容夫婦和恩納士・利里——這些人那是來打牌的。每次有人瞥見菲萊特一人走到花園裏去，大家就知道他這晚又輸得精光，第二天「聯合機車公司」的股票又得大漲大落，他得把錢撈回來才行。

有一個姓克利普斯潑林格的人差不多一天到晚待在蓋次璧家裏，弄到後來大家給他起個外號叫「房客」——我猜他眞的是無家可歸。講到戲劇界，常來的有葛士・威玆，何雷士・奥・唐納文，萊士特・邁爾，喬治・德克維德，和佛蘭雪士・布爾。從紐約城裏來的還有羅姆克夫婦，拜克希遜夫婦，丹尼寇夫婦，羅素・白梯，考立根夫婦，祁勒赫夫婦，杜瓦夫婦，司古利夫婦，S・W・比爾赤，史茂克夫婦，年紀很輕、現在已經離婚的昆恩夫婦，和亨利・巴爾麥多，就是後來在時報方塲跳地道車自殺的那位。

賓尼・麥萊那亨要麼不來，一來總是左擁右抱帶着四個女孩子一同來。雖然每次人都不同，但她們長得都是一模一樣，看上去都好像是從前來過的。她們的名字我記不淸了——好像有賈桂琳，也許有康雪愛娜，或是葛勞麗亞，要麼是珠廸或珠恩，她們的姓不是美妙悅耳的字眼就是很莊嚴的美國大資本家的姓氏，只要你逼着問，她們也會承認某某大人物跟她們有遠親。

除了這許多人之外，我還記得浮士梯娜・奥白萊恩小姐，至少來過一次，還有貝德克家姊妹，還有年輕的布魯爾——就是鼻子在打仗時被炸掉的——還有阿爾伯堡先生和他的未婚妻哈葛小姐，阿廸泰・費滋彼得和一度當過「美國退伍軍人協會」主席的朱威德先生；還有克勞地亞・希普小姐和一個男伴——大家說是她的車夫；還有某某一位王子——我們都管他叫「公爵」——他姓甚名誰我一直沒有知道，要不然就是早已忘掉。

這些各色人等，那年夏天都是蓋次璧別墅裏的座上客。

七月底一天早上九點，蓋次璧的華麗汽車從崎嶇不平的車道上顚到我的門口停下，車子喇叭放出一陣音樂聲響。這是他第一次來找我。我呢，已經去過兩次他的宴會，乘過他的水上飛機，而且在他幾次三番的敦請之下時常過去用他的沙灘。

「早啊，老兄。我們今天既然約好一同吃午飯，我想索性同車進城吧。」

他說話時伸出一隻脚踏在汽車板上，姿勢矯健——一種典型美國人的姿勢，這種姿勢，照我的想法，是因爲從小沒抬過重東西、也不習慣正襟危坐而養成的，可能更大的因素是由於美國人愛好劇烈運動而來的。在蓋次璧彬彬有禮的舉止中這種激動不寧的情緒不時流露出來。他永遠坐立不安，不是一隻脚在地上拍拍，就是把手指不耐煩似的一會伸開一會合攏。

他看見我用羨慕的目光鑒賞他的汽車。

「這部車子漂亮吧，老兄?」他跳下來好讓我仔細看一看。「你沒有看見過我這部車嗎?」

我當然看見過，什麼人都看見過。這輛車是奶油色的，週身鎳製的裝修閃閃發亮，從車頭到車尾龐然大物，東一處和西一處還凸出許多小盒子——有擱帽子的，有爲帶野餐用的，有放修車機械的，前前後後、層層疊疊的玻璃，反映出無數顆太陽的光彩，令人眼花撩亂。我們倆在這許多層玻璃後面坐下，坐在綠皮椅墊上，開了引擎，向城裏出發。

過去一個月中，我大概跟蓋次璧交談過五、六次。我很失望，發現他這人並沒有多少話說。我最初的印象，以爲他是一位相當有聲望的人物，現已漸漸消失，覺得他只不過是隔壁一家特大的夜總會的老闆。

可是這次跟他同車進城，結果倒使我相當窘。車子還沒有開到西卵鎮，蓋次璧說話已經半吞半吐，同時再三猶疑不決地用手拍着他蜜糖色西裝褲的膝蓋。

「喂，老兄，」他終於開口，而且問得古怪，「你對於我這個人到底以爲如何？」

我倒沒提防這樣的一個問題，只好含糊其詞地支吾過去。

他不等我說完就岔嘴道：「我還是告訴你一點關於我的出身罷。不然你聽了那些閒話，對我準會發生誤會。」

原來別人對他那些怪誕不經的指控，他並不是不知道。

「上帝做見證，我要跟你說老實話。」他忽然把右手舉起來像是要賭咒發誓。「我生在中西部有錢人家——父母早過去了。我是美國長大的，但是在牛津大學受的教育，因爲我們家世世代代都是在牛津唸書的。這是我們家裏的傳統。」

他一邊說一邊斜眼朝我望望——我這才明白爲什麼喬登・貝克認爲他是撒謊。他說「在牛津受的教育」那句話時，似乎含混過去，或是半吞半吐，不夠響亮，好像這句話不大說得出口。這樣叫人一起疑心，根本對他那一大篇自我介紹就不相信，令我想恐怕這人到底有什麼不可告人的隱秘。

「你家在中西部什麼地方？」我故意很隨便地問。

「舊金山。」

「哦，舊金山。」

「我的父母親戚都過世了，結果我承繼了一大筆遺產。」

他聲音非常嚴肅，好像想起家族凋零的悽慘猶有餘悸似的。一時我又疑心他不要是在開我的玩笑，但是看了他一眼就知道並非如此。

「後來我就到歐洲各國首都去住了一陣，像東方王子那樣濶綽——巴黎、威尼斯、羅馬——到處收藏珠寶——我尤其喜歡紅寶石——打打獵，學學畫——不過是爲自己消遣而已——同時盡量想忘掉好久以前一件令我非常傷心的事。」

我忍不住噗哧笑出來。他這樣信口開河，沒有一句令人可信的話，我聽了腦中沒有別的構想，似乎只見到一個裹了頭巾的印度「阿三」，像塞滿木屑的傀儡玩具一樣，在巴黎郊外布龍公園裏東奔西跑、追着打老虎。

「再後來，老兄，歐戰爆發了。對我那倒是一種解脫。我上前線冒着炮火，很想一死了事，可是我這條命好像有老天保佑一樣。剛一開始，我被委爲少校軍官。在阿岡森林一役，我率領一個機關槍營的殘餘部隊到最前線去，我們位置全無掩護，兩邊半哩路之內步兵都趕不上來。我們苦戰兩天兩夜，一百三十名士兵，十六架魯易士式輕機關槍，一直撐到步兵後援開到，他們在堆積如山的敵人屍首中發現德軍三個師的旗幟。我後來晉升中校，聯盟國每一國政府都頒給我勳章——連蒙特尼格羅都給我送了一塊勳章，亞得里亞海的那個小國，你看好笑不好笑！」

蒙特尼格羅！他說這個名字時聲音特別提高，向這個英勇的小國微笑致敬；這一笑表示他瞭解並同情於蒙特尼格羅民族過去的奮鬬以及開國的艱難，同時感激這樣一個小國家居然對他會有這種熱情的褒獎。我聽到這裏，心中對他的狐疑變成驚奇；聽他講這些傳奇故事就像匆忙地翻閱十幾本雜誌一樣，有目不暇給之勢。

他伸手到口袋裏去掏，忽然一塊金屬品，連同配着的緞帶，落在我掌心中。

「這就是蒙特尼格羅的那塊勳章。」

我一看，好奇怪，這塊勳章倒像是眞的。圓的獎牌上週圍刻着一行字：「丹尼羅勳章——蒙特尼格羅王尼古拉斯。」

「翻過來看看。」

我把獎牌翻過來唸道：「頒贈傑・蓋次璧中校——英勇無雙。」

「這裏還有一件我老是隨身帶的紀念品。牛津大學的照片。是在『三一書院』校園裏拍的——我左邊的那個現在是唐卡斯特伯爵。」

我拿過來看，相片上照的是五六個青年，身穿法蘭絨校服，在拱門廊下閒站着，背後隱約看得見許多歌德式建築物的尖頂。我認出蓋次璧來，比現在顯得年輕點，但也不年輕多少——手裏拿着一根打英國式板球的球板。

這樣看來，什麼都是眞的。我眼前恍惚看見他在威尼斯大運河旁宮殿式的住宅裏，牆上供着獵來的老虎皮。我又恍惚看見他打開一箱紅寶石，在珠光寶氣之中爲他那顆破碎沉痛的心尋找安慰。

「我今天有一件要緊的事要請你幫忙，」他說，一面很滿意地把他的紀念品揣回口袋裏，「因此我想應該讓你知道一點我的底細。我不要你認爲我是一個不三不四、來路不明的人。你曉得，我平常多半被陌生人包圍着，因爲我老是蕩來蕩去、沒有寄託，爲的是要忘掉很久以前那樁叫我傷心的事。」他猶疑了一下，「今天下午你可以知道其中的詳細情形。」

「我們吃午飯的時候？」

「不，今天下午。我碰巧知道你約了貝克小姐喝茶。」

「你是不是愛上貝克小姐？」

「不是，老兄，不是。可是貝克小姐很幫忙，她答應我跟你談談這件事。」

「這件事」究竟是指什麼，我毫無概念。我不但毫無興趣，而且有點覺得討厭。我約貝克小姐去喝茶並不是爲了要討論傑・蓋次璧先生的什麼問題。我敢擔保他要請我幫忙的一定是什麼異想天開的事，這一下子我簡直後悔不該認識這個角色，更不該上他那個賓客如雲的門。

他也閉口不再多說了。我們離城裏越近他的態度也越發矜持。車子經過羅斯福港，我們瞥見停泊在碼頭、漆得鮮紅的海船，又穿過一處貧民區，石子路旁一排排黑漆漆的酒館，裡面人頭鑽動。一會兒，垃圾谷的塵土在我們面前展開，車子急馳而過，我一眼瞟到韋爾生的老婆在加油機旁生龍活虎似的喘着氣替人加油。

汽車的葉子板兩邊張開，像插了翅膀一樣向前飛翔，給半個阿斯脫里亞區帶來了光明——可是我們正在高架鐵道的支柱中間繞來繞去的時候，忽然聽到一輛機器脚踏車「突——突——突——」的響聲，同時一名警察，來勢洶洶，在我們身旁出現。

「好了，好了，老兄，」蓋次璧對他嚷。車子慢下來，蓋次璧從他的皮夾裡掏出一張白色卡片來，在警察的眼前搖晃了幾下。

「是，是！」警察連聲稱是，並且舉帽表示歉意。「不知道是蓋次璧先生，下次認得了。對不住！」

「你給他看的是什麼？」我問他。「牛津拍的相片嗎？」

「我幫過警察廳長的忙，他每年都給我寄張聖誕卡。」

車子馳過皇后大橋，太陽從鋼架中間透過來，照在川流不息的車輛上一閃一閃的發光，前面河對岸的都市驀然呈現在眼簾中，一堆一堆白糖塊一樣的高樓，盡是花了沒銅臭的錢，許了心願建築起來的。從皇后大橋上瞻望紐約市，永遠好像是初次看見一樣，一幅奇景——充滿了世界上所有的神秘和瑰麗。

一輛裝着死人的靈車，上面堆滿鮮花，從我們旁邊開過，後面跟着兩輛轎車，窗簾拉得緊緊的，還有幾部比較輕鬆的車子載着親友。這些送殯的親友從他們的車窗裏向我們張望，他們神情抑鬱的黑眼珠和短短的上唇，看上去是東南歐的人種，我不禁替他們暗暗高興，在他們今天慘淡的巡行中還能看到蓋次璧這部華麗的汽車。我們的車子在橋上經過布萊克維爾島，另外一輛大汽車在我們旁邊擦過，車夫是個白人，車箱裏高坐三位衣裝時髦的黑人，兩男一女。他們向我們高傲地翻翻白眼，大有彼此較量的神氣，我忍不住笑出聲來。

「一開過這頂橋什麼事都可以發生，」我肚裏在想，「什麼怪事……」

連蓋次璧這種人物也會發生，無啥稀奇。

酷熱的中午。我跟蓋次璧約好在四十二街一家電風扇開得十足的地下餐廳會面。一進門我眨一眨眼，擠掉外面馬路上的陽光，然後在黑黝黝的房裏認出了他，正在跟另外一個人說話。

「卡拉威先生，這是我的朋友吳夫山先生。」

一位頭大身小，塌鼻子的猶太人抬起頭來端詳我，他的鼻孔朝天，裡面長着兩撮很茂盛的毛。過了一會兒我才在曖昧的光線中發現了他的兩隻小眼睛。

「——然後我只看了一眼，」吳夫山先生一面繼續說話一面很誠懇地跟我拉手，「你猜我做了一件什麼事？」

「什麼事？」我很有禮貌地順口搭訕。

顯然這句話不是對我說的，因為他隨即放下我的手，把他那隻富有表情的鼻頭轉向蓋次璧。

「我把那筆錢交給凱玆保，同時對他說：『就這麼辦，凱玆保，他要是不住嘴，一個銅板也不給他。』他馬上就住了嘴。」

蓋次璧一手拉住他一手拉住我，三人一同走進餐廳，吳夫山先生剛要再說什麼的，只好嚥下去不說，如夢如癡的樣子向前移動脚步。

「來杯酒？」堂倌頭目問。

「這裏這家館子不錯，」吳夫山先生眼睛望着天花板上的仙女說。「但是馬路對面那家還要好！」

「好，大家來杯酒，」蓋次璧同意，然後轉過臉來對吳夫山先生道：「那邊太熱了。」

「不錯——又熱、地方又小，」吳夫山先生說，「可是有一種氣氛，讓你懷想當年。」

「是哪一家館子？」我問。

「老京都。」

「老京都，」吳夫山悶悶不樂地在想當年。「多少朋友在那裏與高采烈地聚會過，多少朋友現在過去了，再也見不到面了。我一輩子也不會忘記那天晚上羅西．羅森索在那裏被他們開槍打死的事。我們一桌六個人，羅西一夜大吃大喝，快到天亮的時候堂倌跑來，一副尷尬面孔對他說有人要請他到外面去講話。『好極了，』羅西說，馬上就要站起來，我把他一把拉回到椅子上。

「『羅西，那班狗養的要跟你講話，儘管讓他們到此地來講好了。你絕對不要離開這裏，羅西。』」

「那個時候已經是清早四點，要是有人掀開窗簾，我們敢保可以看得見天亮。」

「他有沒有去？」我天眞地問。

「他當然去的。」吳夫山先生兩隻鼻孔氣憤憤地向我扇動着。「他走到門口還回過頭來說：『喂！不要讓堂倌把我的咖啡收掉！』說完他就走到外面水門汀上，那幫人向他吃得飽飽的肚皮連放三槍，然後開車跑掉。」

「其中有四個人後來坐了電椅，」我補充一句，忽然記起了當年這條新聞。

「把別克算在內一共五個。」他的鼻孔又轉向我，表示與趣。「我聽說你要找一個干係做生意。」

他前後這兩句話毫不相干，使我聽了莫名其妙。蓋次璧連忙替我回答：

「啊，不是這位，」他說，「是另外一個人。」

「不是這位？」吳夫山先生似乎很失望。

「這位只是我的朋友。我告訴你我們改天再談那件事。」

「對不起，」吳夫山先生說，「我弄錯了人。」

一盤好菜端上來，吳夫山先生也就忘掉他對「老京都」的懷念，開始斯斯文文地大嚼起來。他一邊吃一邊慢慢轉動兩眼把整個餐廳巡視一遍——他把前面一圈看完，又轉過身來打量我們緊背後一桌的客人。我看他那副神氣，要不是有我在座，他連我們坐的桌子底下也會檢視一番的。

「老兄，」蓋次璧向前靠近我說，「今天早上在車子裡我恐怕得罪了你吧？」

他臉上又堆起那種笑容，可是這次我沒有接受。

「我向來不喜歡搞什麼神秘，」我回道，「我不懂你爲什麼不老老實實地告訴我你要什麼。爲什麼一定要經過貝克小姐？」

「噢，並不是什麼鬼鬼祟祟的事，」他向我保證。「你知道貝克小姐是一位鼎鼎大名的女運動家，她絕對不會做什麼不正當的事。」

忽然間他看了看錶，跳起身來，匆匆走出餐廳，把我跟吳夫山先生兩人留在一起。

「他要打電話，」吳夫山先生目送他出去，一面向我解釋。「眞是一表人才，你說是不是？

相貌出衆，人品又好。」

「是的。」

「他是牛勁畢業的。」

「哦！」

「他到英國牛勁大學去唸書的。你曉得牛勁大學？」

「我聽說過。」

「是全世界最有名的一個大學。」

「你跟蓋次璧認識了很久嗎？」我問。

「好幾年了，」他心滿意足地答覆。「剛打完仗之後我有一個機會跟他認識。我跟他談了不到一個鐘頭我就知道我發現了一位上等人家出身的子弟。我當時對自己說：『像這樣一位青年眞不妨帶同家去給你的母親和妹妹介紹介紹。』」他說到這裏停了一停。「我知道你在看我的袖扣，是不是？」

我並沒有看他的袖扣，可是經他這一提我倒看了。他那副袖扣是一塊塊小象牙鑲製的，形狀很特別，好像在哪裏見過的。

「這是精選的眞人板牙，」他告訴我。

「眞的！」我又仔細看了一看。「倒是很別緻。」

「不錯。」他把兩手一揚，讓襯衫袖口露出一些。「不錯，蓋次璧對女人向來很規矩。朋友的太太他看都不看一眼。」

不一會，吳夫山先生所賞識的這一位又回到桌子上坐下。吳夫山先生一口把他的咖啡喝掉，然後站起身來。

「這餐飯吃得很高興，」他說，「我趁早告辭吧，讓你們兩位青年人談談，不要叫你們說我不知趣。」

「別忙，邁爾，」蓋次璧不太熱心地說。吳夫山先生舉起手來好像替我們祝福。

「你不要客氣，我是老一輩的人了，」他很嚴肅地宣佈。「你們再坐一會兒，談談體育，談談女人，談談——」他又把手一揮，用以代替我們談話的第三個題目。「我已經是五十歲的人了，最好不再打攪你們二位。」

他跟我們拉拉手，然後掉轉身去，他的鼻孔爲了無名的悲哀又在顫動。我想不要是我說了什麼話得罪了他吧。

「他這人很會傷感，」蓋次璧向我解釋。「今天不巧又是他很傷感的一天。他是紐約市一個很有名的角色——百老滙的地保。」

「他到底是做什麼事的，是不是做戲的？」

「不是。」

「牙科醫生？」

「你說邁爾・吳夫山？不是，他是開賭場的。」蓋次璧猶疑了一下，然後面不改色地補充道

：「一九一九那年世界棒球聯賽舞弊案的主使人就是他。」

「世界棒球聯賽舞弊案的主使人？」我跟着說了一遍。

這句話簡直把我愣住了。不用說，我記得一九一九年世界聯賽作弊的那宗案子，可是要不說，我總以爲這件事情是不能避免的，是許多因素連鎖而產生的必然後果。我再也想不到這樣大的騙局是一個人的勾當，一個人會這樣使五千萬球迷上當——就像小偸黑夜裏全神貫注去鑽保險箱一樣簡單。

我愣了一分鐘之後問道，「他怎麼會做出這樣的事？」

「他只不過是看到了機會。」

「他怎麼沒被逮去坐監呢？」

「老兄啊，他們沒法子逮他。他是一個絕頂聰明的人。」

我搶着付了賬。堂倌把錢找回來時，我一眼看見湯姆·勃堪能，隔開許多人，在餐廳那邊。

「跟我來一下，」我對蓋次璧說，「我得同一個人打個招呼。」

湯姆一見我們，馬上跳起來，向前走了五六步迎上來。

「你上那兒去了？」他質問我。「這麼久不打電話來，黛西氣得要命。」

「這位是蓋次璧先生，勃堪能先生。」

他們隨便拉了拉手，蓋次璧臉上忽然顯出很不自然、很窘的樣子。

「你近況到底如何？」湯姆還是向我質問。「怎麼會老遠跑到這兒來吃午飯？」

「我今天跟蓋次璧先生約好在這裏吃午飯的。」

我說着回過頭來看蓋次璧先生，他人已經不見了。

（喬登・貝克那天下午，在「廣場飯店」茶廳裏，挺直地坐在一張高背椅子上，爲我作如下的敍述）

一九一七年十月裏有一天——

——我在我家附近街上走路，一半走在水門汀上一半走在人家的草地上。我喜歡在草地上走因爲我脚上穿的是一雙英國鞋子，鞋底橡皮釘踹在軟緜緜的草地上很舒服。我那條格子花紋的裙子也是新的，每次一陣風來吹起裙子的一角，所有人家門前掛的紅、白、藍三色旗都挺得筆直的，作出「嘖——嘖——嘖」的聲音，好似表示責備的意思。

那條街國旗掛得最大、草地也最大的是黛西・費家。黛西那時只有十八歲，比我大兩歲，是魯易維爾全市社交小姐當中最出風頭的一個。她喜歡穿白衣裳，開一部白色小跑車，她家電話一天到晚不停地響，因爲泰勒軍營就在本地附近，青年軍官們一個個都興奮地打電話要請她出來想獨佔她一晚的時間。不然的話，「至少給我一個鐘頭，好吧！」

那天早上我走到她家門口的時候，她那部車子正停在路邊，她跟一位我從未見過的中尉軍官同坐在車上，兩人彼此全神貫注，一直等我走到五步之內她才看見我。

「哈囉，喬登，」她出其不意地叫我。「請你過來一下。」

我覺得很光榮、她要跟我說話，因爲在所有比我大一點的女孩子當中她是我最崇拜的一位。她問我是否到紅十字會去做繃帶。我說是的。那末，可否請我帶一個信給他們說今天她不能來？黛西跟我說話時那位青年軍官兩眼盯住她看，那種陶醉的樣子每一個女孩子都巴不得有人這樣看她。我後來一直記得那天的情形，因爲我當時覺得一切非常羅曼蒂克。那位軍官名叫傑・蓋次璧，我就是那次見過以後一隔四年多沒再見面——就連我在長島碰到他以後，我起初還不知道就是同一個人。

那是一九一七年。過了一年我自己也有了幾個男朋友，我開始參加高爾夫球賽，所以我就不常見到黛西。她來往的一般朋友都比我歲數稍微大一點——但一般說來，她已經不大同人家來往了。關於她的謠言簡直是滿天飛——說有一個冬天晚上她母親發現她在理一隻手提皮箱，準備到紐約去跟一個正要遠征海外的軍人話別。她家裏有效地把她阻止了，事後她有好幾個禮拜不同家裏人說話。從那以後她不再跟附近駐紮的軍人一塊玩了，只跟本地幾個當不了兵的、眼睛近視、或者脚有毛病的青年來往。

等到第二年秋天，她又活潑起來，比以前還要活潑。停戰以後她父母爲她開了一個盛大的舞會，等到二月據說她已經跟新奧良地方某人訂婚。到了六月她下嫁了芝加哥來的湯姆・勃堪能，結婚時場面的濶綽是魯易維爾從來沒有見過的。男家請了一百位客人，包下四節火車一同南來，在摩爾巴飯店租了整個一層樓，在婚禮前一天他送了她一串珍珠，據說要值三十五萬塊錢。

我是她的伴娘之一。婚禮前夕我們爲新娘開了一個送別餐會。我在半小時前到她房裏來，發現她打扮得花枝招展倒在床上——爛醉如泥。她一手拿着一瓶白葡萄酒，一手揑住一封信。

「恭——恭喜我，」她胡言亂語道。「從來沒喝過酒，啊，今天喝得多暢快！」

「幹什麼啊，黛西？」

我眞讓她嚇壞，不瞞你說；我從來沒有見過女孩子醉得那樣。

「哪，我的心肝寶貝。」她在拿到床上的字紙簍裏亂掏了一會，掏出一串珍珠。「把這個拿下樓去，是誰買的就還給誰。告訴大家黛西改了主意了。就這麼說：『黛西改了主意啦！』」

她開始哭了，哭了又哭，哭個不停。我奔出去找到她母親的女佣人，我們把門鎖上，放了一盆冷水讓她洗澡。她手裏還揑住那封信不肯放。她把信帶到澡盆裏去濕淋淋的揑成一團，到後來看見紙都爛了，一片片像雪花一樣散開，她才讓我拿過去放在肥皂碟裏。

可是她隨後也不再言語。我們拿了一瓶阿母尼亞精讓她聞聞，弄些冰放在她額骨上，替她又把新衣裳穿回身上。半小時後我們走出房間，她脖子上帶了那串珍珠，這場風波才算過去。第二天下午五點，她跟湯姆•勃堪能結婚如儀——前一晚的事沒有半點跡象——婚禮完成後雙雙到南太平洋去作三個月的旅行。

等到他們蜜月旅行回來，我在聖巴巴娜見到他們。我的印象是我從來沒見過一個女孩跟她丈夫那麼要好的，他只稍離開她身邊一步，她就會東張西望，不安寧的問：「湯姆上那兒去啦？」。接着就是一副神情恍惚的樣子，一直等到看見他從房門口進來才放心。在海灘上，她可以一坐坐個把鐘頭，讓他把頭擱在她懷裏，用手指替他臉上按摩，眼睛看着他，心中有說不出的喜悅。

看見他們夫妻倆在一起那種恩愛會使你感動——使你充滿驚異，輕輕地、不敢出聲地微笑。那是八月裏的事。我隨卽離開了聖巴巴娜，一星期後在報上看見湯姆出了車禍，車子在凡圖拉公路上撞了一架農車，把前輪撞掉了一隻，跟他同車的女伴也登了報，因爲她撞斷了一隻胳臂——她是聖巴巴娜飯店裏一個打掃房間的女佣人。

第二年四月黛西生了女兒，他們全家到法國去住了一年。有一個春天我在康城碰到他們，後來又在多維爾見過一面，再後來他們就囘到芝加哥定居。黛西在芝加哥人緣很好，這是你知道的。他們來往的一夥人都是玩將，一個個年輕、有錢，整天胡鬧，但是她的名譽始終百分之百的好。也許因爲她不喝酒。你要是跟一夥喜歡喝酒的朋友來往而自己不喝，那是很佔便宜的。第一、你不會因爲喝醉酒胡說亂道。第二、你卽使有什麼不規矩的事，你可以把時間安排好，等到別人都已經喝得死活不管的時候再去做。也許黛西從來不跟別人有什麼曖昧——可是她說話的聲音老是給你一種感覺……

別的不說，最近，大概六個禮拜之前，她忽然聽見一個她好多年沒聽見的名字——蓋次璧。就是我那次問你——你還記得嗎？——你認識不認識住在西卵一個姓蓋次璧的。等你囘去之後她跑到我房裏來把我推醒，問我：「那個姓蓋次璧的？」我半睡半醒，把他形容了一番，她聽了自言自語說一定是她以前認識的那個。她的聲音聽上去好奇怪。那時我才悟到，這位蓋次璧先生跟當年坐在她白色跑車裏的青年軍官就是一而二，二而一的。

等到喬登•貝克把上面這段故事講完，我們離開了「廣場飯店」已經有半個鐘點，兩人雇了一輛敞篷馬車在中央公園裏逛着。此刻太陽已經落在西城五十幾街那幫電影明星住的高樓公寓房子後面，在悶熱的黃昏裏兒童們唱流行曲的清脆聲音交織成一片，像草地上蟋蟀一樣，引吭高歌：

「我好比，阿剌伯酋長。
你對我，一見傾心。
夜晚你，香夢正濃，
我偷偷，做入幕之賓——」

「眞是無巧不成書，」我說。

「但這絕對不是湊巧。」

「爲什麼不是？」

「蓋次璧就是因爲黛西住在海灣正對面所以才去買他那幢房子的。」

原來如此。這樣說來，六月裏那天夜晚他所企求的不只是天上的星斗了。蓋次璧在我眼中忽然有了生氣，而不再是豪華世界中一個迷迷糊糊、盲無目標的鬼影。

「他想問你，」喬登繼續說，「你肯不肯哪一天下午把黛西請到你住的地方來，然後讓他過來見面。」

他的願望不過如此，眞使我吃驚。難道相思了五年，購置了這麼大的一塊產業，擺出這樣濶綽的場面，不管張三李四都應酬——爲的只是要找個機會哪一天下午到隔壁鄰居家裏來「見一見面」。

「爲了要託我這點小事，需要這樣大費週折把他的歷史一五一十的告訴我嗎？」

「他很怕，他等得太久了。他又怕你會見怪。你瞧，他到底是一個沒有噱頭的老粗！」

這件事我看還是有點蹊蹺。

「那末他爲什麼不就請你安排一下讓他們見面呢？」

「他要讓她過來看看他的別墅，」喬登解釋。「你剛好住在他隔壁。」

「哦！」

「我猜他本來有點指望哪天晚上她可能也會來他家參加一次宴會，」喬登繼續說，「但是她始終沒來過。後來他就開始有意無意地逢人打聽有沒有人認識她，一直等問到了我。就是那晚舞會裏他請我到他藏書室去談話的那一次。他跟我講話的時候才好笑呢，兜了幾個大圈子才說到本題。我一聽之下當然就建議讓我約黛西到紐約去吃午飯跟他會面——可是他聽了魂都嚇掉，馬上對我說：

「『我不要大動工程！』他不停地說。『我只要借隔壁人家的地方見見她。』

「他聽我說你跟湯姆很有交情；幾乎要把整個計劃打消。他對湯姆的底細並不很清楚，但是他告訴我有一個時期，有好幾年，他訂了一份芝加哥報紙天天看，希望碰巧可以在報紙上看到黛西的名字。」

天色暗了，我們的馬車在公園一頂小橋底下走過，我伸手過去放在喬登金黃色的肩膀上，把她拉到我身邊，低低問她能不能跟我一同晚餐。在這一刹那，我腦中想的不是黛西和蓋次璧而是輕輕挽在我手臂裏，坐得挺直的這個健美的、不太動腦筋也不太講道德的女孩子。忽然間，有一句話反來覆去、很興奮地，在我耳鼓中怦怦衝擊：「世界上只有兩種人：一個被追求的，一個追求的；一個很忙，一個很累。」

「可憐黛西這一輩子，也應當得到一點安慰了，」喬登在我耳邊喃喃地說。

「她願意見蓋次璧嗎？」

「我們的計劃是不讓她知道。蓋次璧不要她知道。表面上只算是你請她來喝茶。」

我們的馬車經過一排黝黑的樹，然後五十九街的高樓呈現在眼前，樓窗輕巧、慘淡的燈光映到下面公園裏來。我不像蓋次璧、也不像湯姆・勃堪能，我沒有什麼愛人的幽靈糾纏住我，面龐在陰暗的屋簷下和耀眼的燈光中忽隱忽現，我於是把身邊這個女孩再拉得近一點，摟到我胸前。她兩片蒼白、輕藐的嘴唇向我微笑，我把她更摟得緊一點，同時把臉湊上去。

5

那天夜裏我回到了西卵，遠遠看還當是我的房子着了火。時間已經是兩點，我們半島的那一頭照得通亮，燈光照在多青樹上看上去像假的，又照在路旁電線上映出一絲一絲的閃光。等到我坐的出租汽車轉過彎來我才發現是蓋次璧的房子，從樓頂到地陰子上上下下燈火輝煌。

起先我以爲又是開大宴會，賓主盡歡可是餘興未散，爽性把整個別墅開放，從上到下，大夥兒在玩什麼「捉迷藏」或是「沙丁魚」等類的遊戲。可是再一聽一點聲音都沒有，只有風在樹葉中吹來，把電線吹動，使燈光在電線上一明一暗，好像那座房子對着黑夜直眨眼。我打發掉那部出租汽車之後，隨卽看見蓋次璧穿過他的草地，向我這邊走過來。

「你家裏燈點得像開博覽會一樣，」我說。

「是嗎？」他回過頭去心不在焉地望望。「我剛才在家裏沒事，打開幾間屋子瞧瞧。老兄，咱們到康尼島海邊去逛逛，好嗎？我開車去。」

「時間太晚了。」

「嗯，那末就到我那邊游泳池裏去泡一泡，如何？我一夏天還沒用過呢。」

「我得去睡覺了。」

「好吧。」

他遏制着興奮的情緒，瞧着我、等我開口。

過了一會兒我說：「貝克小姐跟我談過了。我打算明天給黛西打個電話，請她過來吃茶。」

「哦，那個不必了，」他故意毫不在意地回道。「我不要打攪你。」

「哪一天對你最合適？」

「哪天對你最合適？」他反轉來問我。「你知道，我不要太麻煩你。」

「後天怎麼樣？」

他考慮了一下，然後猶疑地說：

「我要把草地割一割。」

我們兩人不約而同地看了看週圍的草地——很淸楚的一條分界線，這邊是我的一小塊亂草，從那邊起他的一大片，綠草如茵，修得整整齊齊的。我心裏有數，他是要割我這邊的草。

「還有一件小事，」他吞吞吐吐，說了又不說。

「你是不是願意再等幾天？」我問他。

「噢，我不是說那個事情。至少——」他結結巴巴，不知從何說起的樣子。「喏，我在想——喂，我說老兄，你收入不太多吧？」

「不太多。」

我的回答似乎使他放心一點，他接着比較肯定的說：

「我知道你掙不了多少錢，假使我不是太唐突的話——你明白，我有一點小生意，附帶做一點小生意，你懂我的意思？我在想，如果你收入不多的話——老兄，你是做股票生意的，是不是？」

「學學而已。」

「那末這個生意你倒會有興趣。不需要花多少時間，你可以賺不少外快。說起來倒是一件相當機密的事。」

我聽到這裏才知道他悶葫蘆裏賣的是什麼藥。在別種情形之下，他這個建議可能是我生平的一大轉機。可是在目前這種情形之下，他的動機顯然，老實不客氣，是因爲要我幫他的忙而先來給我一點好處。我別無選擇，只好馬上打斷他這念頭。

「多謝得很。我已經夠忙的了，不能再考慮什麼別的工作。」

「你別誤會，這個生意和吳夫山不相干。」他大概想起午飯時的話，怕我不願和那位仁兄「發生干係」，我告訴他倒不是爲了那個。他又等了幾分鐘，希望我繼續找話談談，可是我自己腦子裏想的事太多，顧不得和他搭訕，過了一會兒他只好無可奈何地回家去了。

早先晚上的事使我非常愉快，飄飄若仙，此刻一走進自己的門就步入甜美的夢鄉。因此我不知道蓋次璧究竟有沒有去康尼島，也不知道他繼續花了多少鐘點把燈開得通亮的去檢閱他一間一間的屋子。第二天早上我在辦公室裏給黛西打了一個電話，請她過來吃茶。

「只請你一人。不要帶湯姆來，」我叮囑她一句。

「你說什麼？」

「不要帶湯姆來。」

「『湯姆』是誰？」她裝出天眞的樣子問。

我們約會的那天不巧大雨傾盆。上午十一點光景一個人身穿雨衣，拖着一架推草機，過來敲敲我的門說蓋次璧先生派他來替我割草。這令我想起我忘了關照我那芬蘭女佣人今天回來幫忙，因此我就開車到西卵鎮上去在濕淋淋的小巷子裏，沿着一排排白石灰房子，挨家去找她，隨後又上街去買了一些杯盤、幾隻檸檬和一把花。

我買花是多餘的，因爲到了下午兩點從蓋次璧別墅裏送來一大堆鮮花，連同大大小小、數不清的花瓶之類。再過一小時大門戰戰兢兢地開開，蓋次璧一身白法蘭絨西裝，銀色襯衫、金色領帶，慌慌張張跑進來。他面色蒼白，眼睛底下兩圈黑黑的，表示他一夜沒睡好。

「一切都弄妥當了嗎？」他一進門就問。

「你是不是指草地？看上去挺好的。」

「什麼草地？」他瞠目相對。「哦，你園子裏的草地。」他從窗子裏向外看，可是從他面部表情上我知道他什麼都沒看見。

「看上去挺不錯，」他含糊說了一句。「有一家報紙說今天的雨四點左右會停。大概是『紐約日報』。你關於吃——吃茶方面所需要的東西都齊全嗎？」

我把他帶到廚房裏去，他似乎有點看不順眼的樣子向那芬蘭老媽子望了一眼。我們大家一齊把店裏買來的一打小檸檬蛋糕審查了一番。

「可以對付嗎？」我問他。

「可以，可以！挺好的！」他說，然後有氣無力地加了一聲，「……老兄。」

大概三點樣子雨漸漸收了，變成了濃霧，霧裏不時還有幾滴雨水像露珠一樣飄着。蓋次璧手頭拿着一本「經濟學原理」的書在那裏漫不經心地翻閱，每次芬蘭佣人廚房裏脚步走得重一點他就一驚，每過幾分鐘他隔着雨水模糊的玻璃窗向外張張，好像外邊正在無聲無息地演出一連串驚心怵目的戲文。最後他站起來，聲音抖抖地向我宣佈他要回家去了。

「爲什麼要回去？」

「我看沒有人會來吃茶了。時間已經那麼晚！」他看了看他的錶，好像別處還有要緊的事等着他去辦。「我不能在這裏等一整天。」

「不要胡說！現在才差兩分四點。」

他苦着臉又坐下來，好像我用手推他一樣，正在這時外面有一輛汽車的聲音開到我住的巷子裏來。我們不約而同地跳起來，連我都有點慌張起來，馬上向園子裏跑。

在水滴滴的紫丁香樹下，一輛敞篷汽車在汽車道上開過來，開到門口停下。黛西頭上戴了一頂三角形淺紫色的帽子，臉蛋微微翹起，斜着眼向我看，明眸皓齒，顯出說不出來的喜悅。

「我最最親愛的表哥啊，你的的確確是住在這裏嗎？」

她那輕波一樣的聲浪在微雨中傳過來，聽了叫人鼓舞、叫人狂歡。我的耳朵不由自主地跟着她抑揚的音調，一高一低，過了一會才聽出她所說的話語。她的面頰上貼了一股浸濕的頭髮，像抹了一撇黑墨一樣；她伸手讓我攙她下車，她的手也被水珠打濕。

「這是不是情人的幽會，」她悄悄在我耳朵裏說，「不然的話爲什麼我非得一個人來？」

「那是古堡裏的秘密。叫你的車夫走得遠遠的，隔一個鐘頭再來。」

「福第，隔一個鐘頭再來。」然後一本正經地低聲道：「他名字叫福第。」

「是不是汽油味道使他鼻子不舒服？」

「我想不是，」她天眞地回答。「爲什麼？」

我們走到屋子裏。使我大爲驚異的是客廳裏面杳無人跡。

「咦，這眞是怪事，」我忍不住說。

「什麼怪事？」

正在此刻大門上有人規規矩矩地敲了一下，她回過頭去看。我走到外間去開門。蓋次璧站在一灘水裏，面無人色，兩手揣在口袋裏像石頭一樣沉重，很悲哀似地向我瞪着眼。

他手還揣在口袋裏，兩三步跨過我身邊，像走鋼絲一樣突然一轉身，走進客廳裏不見了。我看了他這副模樣却一點不覺得好笑，我自己心房裏也在撲通撲通跳，伸手把大門關起來，外面的雨驟然又下大了。

有半分鐘光景客廳裏毫無聲響。然後只聽見好似一串連哭帶笑的低聲細語，跟着就是黛西的聲音，故意很響亮地說：

「嗳呀，我眞高興極了，又見到你。」

又是一陣靜寂；時間長得令人着慌。我老是站在外間也沒事可做，只好走到屋子裏去。

蓋次璧站在壁爐前面，身體斜倚着火爐台，兩手仍然揣在口袋裏，勉强裝出一種十分安詳、幾乎無精打采的樣子。他的頭往後仰，碰到火爐台上一架年久失修的時鐘上面。他就是從這個極不自然的位置兩眼神志不清地瞧着黛西。黛西呢，坐在一張硬背椅子的邊緣上，驚魂甫定，但姿態很曼妙。

「我們以前見過，」蓋次璧嘟囔着說。他眼睛向我望了一望，嘴邊似笑不笑。正在這個尷尬關頭幸虧那架時鐘被他頭碰得搖搖欲墜，他連忙轉過身來兩手抖抖地把鐘穩住，放回原處。於是他硬梆梆地坐下來，把胳臂放在沙發椅把子上，手托住下巴。

「對不起——你那座鐘，」他向我道歉。

我的臉此刻也漲得通紅，腦子裏裝滿了寒暄客套可是一句也說不出來。

「沒關係——很舊的鐘，」我像傻瓜一樣告訴他們兩位。

我們大家一時手足無措的樣子，好像那架時鐘已經砸在地下打成粉碎了。

「我們有好多年沒見面了，」黛西說，聲音裝得總算是挺自然的。

「到今年十一月整整五年。」

蓋次璧這句機械式的答話把大家又愣了半天。我後來情急智生，建議他們幫我到厨房去預備茶點，他們兩人應聲而起，可是不巧正在這時我那個像魔鬼一樣嚴密的芬蘭老媽子把茶端了出來。

接着就是遞茶杯、傳蛋糕，忙亂了一陣，大家都高興有這個打岔，至少在表面上建立了一種秩序。蓋次璧乘這機會躲到一邊去，留下我跟黛西交談，他自己在我們兩人之間瞧來瞧去，兩眼神情緊張而不快樂。可是維持秩序並不是這次聚會的目的，我於是一等有機會跟他們說一聲對不起，就站起身來。

「你上那兒去？」蓋次璧馬上慌起來。

「我就來。」

「等一等再走，我有句話要跟你說。」

他眼睛急得像狂人一樣，跟我走進廚房，把門關上，輕輕地說：「天哪！」很痛苦的樣子。

「什麼事？」

「這件事做錯了，」他把頭搖來搖去，自怨自艾地說，「眞是大錯，大錯！」

「沒什麼錯。你不過是不好意思而已。」虧得我補了一句：「黛西也有點不好意思。」

「她不好意思？」他重複着我的話，似乎不信。

「跟你一樣的不好意思。」

「聲音不要那麼大。」

「你簡直像一個小孩。」我有點不耐煩了，向他發作。「不但如此，你也很沒有禮貌，黛西一個人坐在裏面。」

他舉起一隻手來不讓我再說下去，對我深深埋怨地瞅了一眼，然後小心翼翼把門開開，又回到客廳裏去。

我從後門溜出去——半小時前蓋次壁也正是從這裏出去慌慌張張繞到前門又回來——我奔到一棵又大又黑的樹底下，樹根盤結，上面樹葉交織又厚又密的，把雨擋住。此刻又下大了，我那塊高低不平的草地，雖然經過蓋次壁家園丁的修飾，仍然東一處西一處的泥沼。我站在樹下沒有別的可看只有眼前蓋次壁那座巍然矗立的別墅，我就盯着眼看，像哲學家康德端詳教堂的尖頂一樣，一看看了半小時，這座房子是十年前一位啤酒製造商的產業。當時大家一窩蜂時行造「做古」的建築，據說這位富商還答應替附近所有的小戶人家出五年捐錢，只要他們每家肯用茅草來蓋屋頂。也許他們的拒絕傷了老人家的心，他也無心「世代相傳」——不久就一命嗚呼。喪事的花圈還掛在門上，他的子女已經把房子賣掉。這個故事很足以表現美國人的民族性——心甘情願、甚至於爭先恐後、去當農奴，可是死也不願意被人家當做鄉下佬。

半小時後太陽重新露面，送食品的卡車沿着車道拐到蓋次壁家後門替他的佣人把做晚飯的原料送到——我敢保主人今晚一口都吃不下。一個女佣人在樓上把窗戶一個個打開，然後站在正中的大窗口有意無意地向底下花園裏吐了口痰。該是我回去的時候了。剛才風吹雨打的一段時間，我好像覺得聽見他倆切切私語的聲音，有時跟着感情的激動高下起伏。現在外邊又是一片靜寂，我覺得可能屋子裏也靜默了。

我走進去——走進客廳之前先在厨房裏叮叮噹噹作出各種響聲只差着沒把鐵竈打翻——但是我想他倆在裏面什麼都沒聽見。他們坐在長沙發的兩端，彼此瞧着好似有人剛剛提出問題，兩人在一同考慮，先前不好意思的跡象已經無影無踪。黛西滿臉淚痕，看見我進來連忙跳起來掏出手絹照着一面鏡子擦眼淚。可是蓋次璧却完全像變了一個人，使你難以置信。要形容他是容光煥發也不爲過份；他不需要以任何言語舉動來表示得意，可是他的由衷的快樂像光芒四射一樣佈滿了我的小客廳。

「哈羅，老兄，怎麼好？」他像是久別重逢一樣向我招呼，我還當他會伸手過來跟我拉手哩。

「雨停了。」

「停了嗎？」他一時還沒領會我說的是什麼，後來發覺客廳裏陽光四射他才笑逐顏開，像氣象預測家、像專司光陰的神，趕忙把消息轉報給黛西。「你看多麼有意思！雨居然停了。」

「是，傑，我很開心。」她的聲音充滿了甜酸苦辣的美，她的話語所表達的只是意想不到的歡欣。

「我要你和黛西到我家裏來，」他說，「我要帶她參觀參觀。」

「你眞的要我也來嗎？」

「絕對沒問題，老兄。」

黛西到樓上去洗把臉——糟糕，我那條髒毛巾來不及換了——蓋次璧和我就在外面草地上等她。

「我這座房子相當漂亮，是不是?」他問我的意見。「你看，整個前面一排窗子反映着陽光。」

我承認這座房子非常堂皇。

「不錯。」他用眼睛從上到下仔細打量一番，檢閱每一扇拱形的門、每一座四方的閣樓。「我只花了三年功夫就攢了錢把這座房子買下來。」

「你不是說你的錢都是繼承的嗎?」

「不錯，老兄，」他不假思索地說，「但是我在經濟不景氣的時候把它蝕掉一大半——就是歐戰時期那次大不景氣。」

我猜他自己也不留神他嘴裏說些什麼，因爲隨後我問他他做的是什麼生意他囘道：「不管你什麼事。」話說出口他才覺察這個囘答不太合適。

「噢，我幹過好幾行，」他改口說。「我起先是做藥材生意，後來又做過煤油生意。可是現在這兩行都不幹了。」他忽然對我比較注意地問：「你是不是考慮過那天晚上我跟你提的那件事?」

我還沒來得及囘答，黛西從屋子裏走出來，她胸前兩排銅鈕扣照在夕陽的餘暉裏閃閃發光。

「就是那個老大的房子嗎?」她用手指指。

「你喜歡嗎?」

「喜歡得很，但是我不懂你怎麼能一個人住那麼大的房子。」

「我一天到晚有客人，都是一班有意思的人物——他們做的都是有意思的事。都是有名望的人物。」

我們故意不抄近路沿海邊過去，而繞到大路上、再從花園正門走進去。黛西望着那座碉堡式的建築烏黑的襯在天空，嘴裏用她那種醉人的聲音呢呢喃喃，東也稱讚西也誇好，一邊走一邊又欣賞園裏的花草，那些亮晶晶的黃水仙、清香撲鼻的山櫨花和梅花，再有「親吻花」放出黃金色的香味。走到大理石台階前我感覺有點不慣，因爲沒看見有紅男綠女在門口出出進進，也聽不到什麼聲音，除了樹枒裏吱吱的鳥鳴。

在屋子裏，我們穿堂入戶，從法國「瑪麗‧安東尼式」的音樂廳走到英國「復辟時代」裝飾的小客廳，我疑心每個沙發、每張桌子背後都躲着客人屏息不動，因爲奉命要等我們走過才許出聲。當蓋次璧帶我們參觀了那間「倣牛津茂登書院」藏書室出來隨手把門關上時，我可以打賭我聽到那位像貓頭鷹的客人在裏面咯咯作鬼笑。

我們走上樓，穿過好幾間古色古香的臥室，裏面掛着紅色紫色的綾羅綢緞，擺滿鮮艷奪目的花卉，又穿過更衣室、彈子室和浴室——浴室裏有嵌在地下的澡盆。有一下我們闖進一間臥室，裏面有一個穿着睡衣的男人正在地板上作體操，我認出是那個外號叫「房客」的克利普斯潑林格先生。那天早上我就注意到他在沙灘上饑不擇食的樣子走來走去。最後蓋次璧領我們到他自用的套間，包括臥室、浴室和一間小書房。他請我們在書房裏坐下，從壁橱裏拿出一瓶淡綠色的酒來請我們喝。

在我們參觀他別墅這一段時間中，他始終目不轉睛地瞧着黛西。我想他是在把他房子裏所有的東西都按照他情人眼裏的反應，一一重新估價。有時他也如醉如癡四圍看看他自己的東西，似乎有了黛西實實在在出其不意地出現，其他一切都眞眞假假變成幻夢了。又有一次他一失足險些從樓梯上摔下來。

他自己的臥室裝潢得最簡單——只有更衣橱上放着一副十成金的梳裝用具。黛西像小孩看見玩具一樣拿起刷子刷刷她的頭髮，引得蓋次璧坐下來掩住面孔忍俊不禁。

「眞滑稽，老兄，」他笑得止不住。「我簡直——我一想起——」

很顯然的，他今天見到黛西之後已經度過兩個階段，現在進入第三個階段了。最先他是不好意思，然後是喜出望外，目前他是充滿了驚奇，簡直不能相信她的確在他眼前出現。爲這件事他想了那麼久，從頭至尾也不知做過多少次夢，始終咬緊牙關期待着，緊張到頂點。現在如願以償，他反倒像一隻發條上得太緊的鐘一樣，忽然鬆弛下來。

過了一會他才復原，於是把兩架非常講究的大衣橱打開讓我們看，裏面裝滿的是他的西裝、睡袍、領帶和襯衫——襯衫一打一打的像磚頭一樣堆着。

「我有一個裁縫師傅在英國替我定做衣服，每年春秋兩季，他把我需要的東西，每樣選一些寄來。」

他從橱裏拿出一堆襯衫，一件一件扔在我們面前——雪白的襯衫、全綢襯衫、上等法蘭絨襯衫，本來摺得好好的現在都給抖散了，五顏六色擺滿一桌。我們正忙着欣賞，他又抱出一大堆來，又細又軟的貴重料子堆積如山——條子襯衫、花紋襯衫、大方格子襯衫，珊瑚色的、蘋果綠的、淺紫色的、淡橘色的，上面用深藍色絲線繡着他姓名的縮寫字母。不知怎麼，忽然間黛西像要哭一樣把頭埋在這大堆襯衫裏嗚嗚咽咽地說：

「這些襯衫眞美！」她的聲音悶在厚厚的衣料裏聽不大清楚。「我看了心裏很難過，因爲我從來沒見過這樣——這樣美的襯衫。」

參觀過蓋次璧的房子，我們本來還要去看草地、游泳池、水上飛機和花圃——可是窗外又下起雨來了，因此我們就站成一排，大家遠眺海上的波紋。

「要不是霧這麼大我們可以看得見海灣對面你家的房子，」蓋次璧說。「你們家碼頭上每晚總是有一盞綠燈一直點到天亮。」

黛西突然伸手過去挽着他的臂膀，但他似乎還在沉思他方才說的那句話。可能他剛悟到，那盞綠燈以往在他心目中所象徵的一種不可思議的重要性從今以後要永遠消滅了。他跟黛西之間的距離一向是那麼遠，使他拿這盞燈當做一件跟她非常接近的東西，近得幾乎可以跟她接觸——就像天空中一顆星距離月亮那麼近。現在這件東西還了原形——不過是對海碼頭上一盞綠燈。他所憧憬的神奇寶貝又少了一件。

我在他的房間裡隨便走走，在半明不暗的光線中看看屋子裡幾樣模糊不清的擺飾。他書桌前面牆上掛的一張大相片引起我的注意，是一位航海裝束的老先生的肖像。

「這是誰？」

「這張相，老兄？是但‧柯廸先生。」

但‧柯廸——名字似乎聽見過。

「他已經過去了。很多年前他是我最好的朋友。」

櫥櫃上有一張蓋次璧本人的小相片，也是穿着航海裝束——相片裡蓋次璧昂起頭來一副蠻不在乎的神氣——大概是十八歲左右照的。

「噯呀，我眞喜歡這張相片，」黛西嚷嚷。「你看，你頭髮光光的向後一把梳！你從來沒告訴我你頭髮向後一把梳過——也沒告訴我你家裏有遊艇。」

「你來看，」蓋次璧快快地說。「這裏有一大堆剪報——都是關於你的。」

他倆比肩站着仔細審閱那些剪報。我正想問他要看看他收藏的紅寶石，電話忽然響了，蓋次璧拿起聽筒來說話。

「是的……噢，現在不方便說話……老兄，我現在不方便說話……我說的是一個小城……難道他連小城都不懂？……算了，如果他拿底特律當做小城，那他這個人未免太不中用了……」

他把電話掛上。

「到這兒來，快點！」黛西在窗前喊。

雨還在下，可是西邊天上的烏雲已經撥開，海的水平線上飄起幾朵粉紅鑲金的浮雲。

「看啊，多麼美，」她低聲私語，過了一刻又說：「我恨不得拿它一朵粉紅的雲彩來把你供在上面四處推着走。」

我這時告辭要走了，但他們不由分說一定要把我留住；也許有我在場他倆的幽會更覺得保險一點。

「我有個主意，」蓋次璧說，「我們叫克利普斯潑林格來彈琴給我們聽。」

他走到外面去喊了一聲「猶文！」過了幾分鐘找到那個人一同回來，一位神色頹唐、侷促不安的青年，頭頂稀稀的幾根黃頭髮，目架玳瑁邊眼鏡。他此刻衣服整齊了，穿着一件敞領的「運動衫」，膠皮底鞋和一條顏色不顯的帆布褲。

「對不起，剛才你體操的時候我們打攪你，」黛西很禮貌地說。

「我在睡覺，」克利普斯潑林格先生很窘的樣子衝口而出。「我意思說，我早先在睡覺。起床以後就……」

「這位克利普斯潑林格先生會彈鋼琴，」蓋次璧打斷了他的話。「是不是，猶文，老兄？」

「我彈得不好。我不會——我根本不會彈。我好久沒——」

「我們到樓下去，」蓋次璧又岔嘴說。他撥了一個開關，滿屋子大放光明，灰色的窗戶都不見了。

大家走進音樂廳，蓋次璧只把鋼琴旁邊的一盞燈扭開。他替黛西點上一枝煙，點火時火柴在手裏直抖，然後帶她遠遠地到屋子那邊一張沙發上坐下，兩人坐在黑暗中，除了地板上反映出來外面穿堂裏的一些光之外其餘全是一片黑。

克利斯普潑林格先彈了一隻歌叫「金屋藏嬌」。彈完了他轉過身來勉强在黑影中認出蓋次璧的面孔，悶悶不樂地說：

「你看，我好久沒彈了，生得很。我告訴你我不會彈。我——」

「不要多話，老兄，」蓋次璧命令他。「再彈！」

「早上也好，
晚上也好，
玩得開心——」

外面風刮得厲害，海上傳來一陣隱隱的雷聲。此刻西卵鎮家家燈火都點燃了；電動火車，滿載歸客，冒着雨從紐約衝來。這是人事變幻無窮的一個時辰，空氣中有觸電一般的興奮。

「金科玉律，天經地義：
富的更富，窮的更——多子孫。
待會兒再看，
待會兒再瞧——」

等到我走過去跟他們告辭的時候，我看出來一種惶惑的表情又在蓋次璧臉上出現，似乎他有點懷疑他目前的快樂究竟有多少眞實性。試想，一別五年！在那天下午的過程中他一定偶爾會發現黛西的現實還不如他的夢想——並不是怪她不夠好，而是因爲他自己的幻夢有無比的活力——已經遠勝過她，勝過一切。他一生全副精力已經供獻於這個幻夢的創造，好像腦中構想一幅美麗的圖畫，這裏描一下那裏添一筆，把所有意想得到的色彩都加上去。生命的火，血肉的活——任何現實都趕不上一個人心靈中年深月累所堆積的理想。

我一面這樣觀察他一面看得出來他顯然調整了一下自己，以便適應眼前的現實。他拉着她的手。她低低向他耳邊說了幾個字，他聽了忍不住轉身向她，感情如潮水一樣湧上來。我看最使他入迷的是黛西的聲音——那一高一低的聲浪和其中所含的熱情——那是怎樣夢想也想不出來的。她的聲音是永恒之歌。

他倆在沉醉中把我忘掉了，但一會兒黛西抬起頭來伸手跟我握別；至於蓋次璧，他望着我簡直像陌生人一樣。我再回頭看了他倆一眼，他們也目送我出門，但是兩人早已像是置身異鄉，被生命的火燄包圍了。我隨卽走出那間屋子，走下大理石台階到雨裏面去，留下他們兩人在一起。

6

約莫在這個階段紐約某家報紙一位青年記者一天早上跑來登門造訪，請蓋次璧發表談話。

「發表談話？關於什麼事？」蓋次璧很客氣地問。

「嗯——就是要問您有什麼聲明。」

這樣夾纏了五六分鐘才弄清楚。原來這位記者在他報館裏曾經聽人提到蓋次璧的名字——他不肯說爲什麼有人會提到，也許他根本不知道。這天他剛好不上班，所以就自動很勤快地跑過來「打聽，打聽」。

這位記者當然是無的放矢，但也不是完全沒有根據。這一夏天，由於他的座上客一個個權威性地宣揚他的底細，蓋次璧的名氣愈來愈響，現在他只差一點就要成爲新聞人物了。當時各種傳奇故事，像「用地下管子從加拿大運私酒進來」等等，都被人說成是跟他有關的事。還有一個流傳很廣的謠言說他住的別墅事實上根本不是一座房子而是一架房子形式的船，經常沿着長島海岸上下秘密地停泊。究竟爲什麼這位北達科塔州出身的傑姆士・蓋玆喜歡聽人散佈他這種謠言，倒是一個不容易解答的問題。

傑姆士·蓋玆——這是他的眞姓名，至少是他法律上的姓名。他是在十七歲那年改名換姓的，那也可算是他一生事業的開端——就是他看見但·柯廸先生的遊艇在蘇必利湖最風險的一塊水面拋錨的一刹那。那天下午一個身穿綠色破汗衫和帆布褲在沙灘上閒蕩的少年原本是傑姆士·蓋玆，但是後來借了一條小船划到「圖羅米號」遊艇去警告但·柯廸先生快去別處停泊以免意外的已經是傑·蓋次璧了。

據我揣想，他早已把這個名字想好，只等適當的時機拿出來應用。他的父母是窮困潦倒的種田人家——他從小在幻想中就未曾眞正認他們爲親生父母。實際上今天紐約長島西卵的公寓傑·蓋次璧完全是他自我幻想中塑造出來的人物。他是「天之驕子」——這句話不折不扣地形容了他——因此他必須「替天行道」，專心一志去致力於一種廣大、庸俗而虛僞的美。因爲這個緣故，他想像中的傑·蓋次璧正是一個十七歲的窮小子可能憧憬的一派人物，從那時起他一生始終就忠於這個理想。

在那以前一年多的時光他在蘇必利湖的南岸消磨掉，每天打魚、撈蛤蜊或是做些別的雜事，日圖三餐夜圖一宿。那地方天氣爽朗，他皮膚晒得黝黑、身體結實，倒也很自然地過着半勤半懶的生活。他很早就跟女人發生過關係，女人多半喜歡他，他因此瞧不起女人——年輕的處女太愚蠢，其他的女性太過認眞，他一概瞧不上眼——因爲他一心只顧自己，此外一切的事都活該。

可是他內心一直在混亂的交戰中。晚上各種離奇怪誕的幻想都來侵入他的睡鄉。小時鐘在洗臉台上滴答的響、地上脫下來一堆亂七八糟的衣裳浸在陰涼如水的月光裏，一面他腦海裏交織着一幅筆墨難以形容的繁華世界的美景。每夜他把幻想中的圖案再畫龍點睛的描上幾筆，一直等到瞌睡蟲來把他送入烏有之鄉爲止。在那個階段他這樣胡思亂想使他精神上有一種發洩，同時使他瞭解而安慰：現狀並不是眞實的，未來的天下還是穩穩地建築在仙女的蟬翼上。

不多幾個月以前，爲了追求未來的光榮，他跑到明尼蘇達州北部一個路德敎會辦的、名叫聖俄拉夫的小書院去半工半讀。他在那地方只待了兩星期，很失望沒有人注意到他的前程遠大，同時恨死了他那份打掃宿舍的工作。後來他又漂流一陣才回到蘇必利湖岸來。那天他在沙灘上正想找點什麼事做，湊巧看見但·柯迪的遊艇在湖邊淺水灣中拋下錨來。

柯迪先生那時已經是五十歲年紀。他曾經在尼華達州採銀，阿拉斯加的育空河邊淘金，一八七五年以來凡是發現礦藏的地方他都搶着去過。後來他在蒙他那州經營銅礦發財，賺了好幾百萬的家當，結果雖然身體仍然健壯，可是腦筋已經開始胡塗。因爲發覺有機可乘，曾經有數不清的女人跟他相好，企圖拐他一筆，有一個名叫愛娜·凱的女記者一度把他迷住，慫恿他乘私人遊艇出門航海，結果弄出許多不三不四的故事，是一九〇二那年所有的小報當做內幕新聞大登特登的資料。在過去這五年中，他航駛他的遊艇走遍五湖四海，到處受人歡迎，就在這天駛入蘇必利湖的「小妞兒灣」停泊下來，成爲傑姆士·蓋玆的福星。

年輕的蓋玆，兩手把住划船的槳，朝上望着遊艇的欄干和甲板，在他眼中這隻船代表了世界上一切的榮華富貴。我猜想他此刻大概向柯迪先生笑了一笑——他一定早已發現他笑的時候很討人歡喜。不管怎樣，柯迪問了他幾個問題（在答覆其中之一的時候傑·蓋次璧這個簇新的名字初次出現），發覺這個小子不但伶俐而且雄心不小。過了幾天他把他帶到杜魯斯城裏去替他買了一套航海的行頭，包括藍色海員制服和帽子、還有六條白布褲子。等到「圖羅米號」啓碇向西印度群島和北非海岸線航行的時候，船上就多了一個蓋次璧。

他追隨但·柯廸做些什麼事並不很清楚，總之是個貼身體己——前後什麼都幹過，聽差、大副、船長、秘書，還做過監視人，因爲但·柯廸清醒的時候很有自知之明，惟恐酒醉後做出什麼荒唐的事，所以把要緊的事都託付給蓋次璧以防萬一。他們之間這種關係一共維持了五年——在這期間「圖羅米號」環繞美洲三次——可能會無限期地繼續下去，要不是有一晚停泊在波士頓的時候，愛娜·凱女士忽然跑上船來。柯廸先生也不夠交情，一星期後就兩腿一伸與世長辭。

我記得在蓋次璧臥室裏看見他的相片，一個頭髮花白、面色紅潤，飽經風霜、冷酷無情的老頭子，他是典型的一類沉湎酒色、爲非做歹的拓荒者，這班人在美國歷史上某一階段曾把邊疆妓院酒舘的粗獷氣氛帶回到東部文明社會。也就是爲了柯廸先生經常酗酒，蓋次璧幾乎涓滴不嚐。有時宴會酒酣耳熱，女客們會瘋瘋癲癲把香檳往他頭髮裏倒；可是他自己早已養成習慣絕不去碰那杯中物。

當然，他也從柯廸先生那裏繼承了財產——遺囑裏分了他二萬五千元。但是他一文沒拿到手。他始終也沒懂得對方用的是什麼法律手段把他的名字註銷，總之全部遺產幾百萬統通歸了愛娜·凱。他追隨但·柯廸這些年只落得一個寶貴的經驗；先前的傑·蓋次璧不過是模模糊糊的輪廓，現在已經成爲有血有肉、五官俱全的一個人了。

以上所述蓋次璧的履歷是他好久以後才告訴我的，我在這裏夾叙出來爲的是要替他闢謠——關於他的出身、無稽之談一開始就太多了，沒有一丁點是眞的。再有，等到事實上他告訴我時一切情形已經太亂，關於他的事，是好是壞，我簡直不知怎樣相信才好。所以我寫到這裏，乘蓋次璧生平事跡到了一個轉捩點，他似乎要喘一口氣的時候，把他的身世交代一下以正視聽。

說起這個階段來，我也有一段時間沒繼續跟蓋次璧來往。前後好幾個星期我沒跟他見過面也沒接到他的電話——多半時間我是在紐約跟着喬登四處跑，同時在她那位老胡塗的姑媽面前獻慇勤——但後來有一天星期日下午我終究走過去看他。我還沒待了兩分鐘就有客人來，不知是誰帶了湯姆·勃堪能來喝杯酒。我不用說相當驚詫，但平心而論這件事早該發生的，奇怪的是直到現在才發生。

他們一行三人在外面騎馬同來——一個是湯姆，另一個姓史隆的男人，還有一個有幾分姿色的女人，是以前來過的。

「歡迎，歡迎，」蓋次璧站在陽台上說。「很高興你們幾位能來。」

其實他高興與否他們才不在乎呢！

「請坐，請坐。抽根煙還是雪茄。」他在客廳裏團團轉，忙着打鈴喊聽差的。「我叫人馬上就拿點什麼喝的來。」

湯姆的光顧使他十二分地驚惶。但每逢有客人來他總是侷促不安，非忙着張羅煙酒不行，因為他也隱約知道這幫人上門並無其他目的。史隆先生不要喝什麼。來杯檸檬水吧？謝謝，不要了。來點香檳如何？什麼都不要，多謝……對不起，招待不周——

「你們幾位騎馬騎得好吧？」

「這一帶的路很好。」

「來往的汽車大概很——」

「不錯。」

剛才介紹的時候湯姆只當做彼此是陌生人，此刻蓋次璧實在忍不住了，掉轉臉來對他說：

「勃堪能先生，我們大概在那兒見過？」

「噢，不錯，」湯姆很豪爽而有禮貌，但顯然毫無印象。「見過，見過。我記得很清楚的。」

「大概兩禮拜以前。」

「對了。你是跟尼克在一起的。」

「我認識你太太，」蓋次璧接下去說，幾乎有點挑釁的意味。

「是嗎？」

湯姆轉臉問我。

「尼克，你住在這兒附近？」

「就在隔壁。」

「是嗎？」

史隆先生並沒參加談話，只是昂然仰靠在他的椅背上；那位太太起先也沒說什麼——兩杯酒下肚忽然滿面春風寒暄起來。

「蓋次璧先生，你下次開宴會我們都來，」她提議。「你看好不好？」

「不成問題；你們能來，我太高興了。」

「唔——很好，」史隆先生毫不承情的樣子咕噥一聲。「好——我看咱打道回府吧。」

「不忙，不忙，」蓋次璧留他們。他現在已經鎮定下來，同時他要多認識湯姆一點。「我看你們幾位就在這兒便飯好吧？說不定紐約還有朋友會來。」

「你到我家來便飯，」那位太太起勁起來。「你們倆都來。」

她的邀請也把我包括在內。史隆先生站起身來。

「咱走吧，」他說——可是只是對她一人說。

「眞的，我請你們，」她堅持說。「歡迎你們來加入。人一點都不多。」

蓋次璧望望我的臉色。他心裏很想去，一點也沒看出來史隆先生絕不歡迎他去。

「對不起，我不能奉陪，」我說。

「那，你還是來，」她盯着蓋次璧再三邀請。

史隆先生湊着她耳邊低聲說了一句話。

「我們如果馬上就走一點都不晚，」她大聲說。

「我沒有馬，」蓋次璧說。「我在軍中騎過馬的，但自己從來沒養過馬。我只好開車跟着你們。對不起，等一下我就來。」

我們其餘幾個人走出大門到陽台上，史隆和那位太太站在一邊開始氣沖沖地交談。

「我的天，這傢伙居然眞要來加入，」湯姆說。「難道他不明白她並不要他來嗎？」

「她明明說她要他來的。」

「她今晚大請客，他如果去的話一個人都不認得。」他皺皺眉頭。「說起來，我還不知道他是在哪兒碰見黛西的。他媽的，也許我腦筋太舊，我看這年頭小姐太太們抛頭露面未免太過份了。阿貓阿狗碰到了都算認識。」

忽然間史隆先生和那位太太走下台階，各自騎上馬。

「來吧，」史隆先生對湯姆說。「我們已經晚了。我們得走了。」然後對我說：「麻煩你告訴他我們不能等了。」

湯姆跟我拉拉手，我們其餘幾個人彼此只冷冷地點一點頭，他們就馬蹄得得很快地沿着汽車道在八月的樹蔭裏走掉，這邊蓋次璧手拿帽子和薄大衣正從大門裏出來。

湯姆顯然不很放心黛西這樣一個人東跑西跑，因爲接下的星期六晚他陪了她一同來參加蓋次璧的宴會。也許是由於他在場令我感覺到那晚的氣氛非常彆扭——整個夏天蓋次璧的許多次宴會中這一次我記得的特別清楚。到的客人仍然是那些，至少仍然是那一類型，香檳仍然是源源不絕的流，同樣的是五色繽紛、七嘴八舌的一片嘈雜，可是我覺得空氣中有一種不愉快的感覺，一種以前從未有過的惡感瀰漫着全場。要不然，也許是因爲我在這個場合已經弄慣了，把西卵已經認爲是一個小天地，其中自有它的風俗習慣和獨特的人物，自命不亞於任何事物，而現在我又從黛西的眼中重新去看這裏的一切。要是你費了很多氣力才弄慣的事，現在又要換一副新的眼光去估計，那往往是令人很難受的。

他們夫婦在黃昏時分光臨，當我們大家一齊漫步走到珠光寶氣的人叢中時，黛西喉嚨裏不斷呢呢喃喃的作聲。

「這一類的大宴會叫我與奮極了，」她悄悄私語。「尼克，假使你今晚想跟我親嘴請隨時通知，我一定高興爲你安排。只消說是黛西介紹的。或者拿一張綠色的請帖，憑劵入場。今天我到處散發綠色的——」

「你四周圍看看，」蓋次璧請她注意。

「我正是四周圍在看呀。我玩得開心極——」

「你一定看到許多你聽見過的人物。」

湯姆那對剛愎自用的眼睛在人叢中東瞟西瞟。

「我們平時不大出來，」他說：「老實說，我正在想我這裏鬼都不認識一個。」

「也許你認得那位小姐，」蓋次璧指出一位芙蓉出水、天仙也似的女人，像皇后一樣端坐在那邊一棵白梅樹底下。湯姆和黛西盯着眼望，認出來這是一位一向只在銀幕上見到的明星，大有眞眞假假的感覺。

「她眞美啊，」黛西說。

「在她後面彎着腰跟她說話的是她的導演。」

蓋次璧像司儀人一樣領着他們夫婦一會向這一夥一會向那一夥客人介紹。

「這是勃堪能夫人……勃堪能先生——」稍一猶疑，又補充一句說：「鼎鼎大名的馬球健將。」

「不敢當，」湯姆趕快加以更正，「哪裏的話。」

可是蓋次璧似乎覺得這個名稱很配湯姆，以後整個晚上湯姆就老逃不了「馬球健將」的稱呼。

「我從來沒見過這麼多出名的人物，」黛西說，「我很喜歡那個人——他是姓什麼的?——就是鼻子有點發青的。」

蓋次璧把那人的姓名交代出來，又說他是一家小公司的製片監理。

「我不管，我還是喜歡他。」

「我寧願不做馬球健將，」湯姆很隨和的說，「我寧願以——以無名小卒的身份來瞻仰一下這裏許多有名的人物。」

黛西和蓋次璧跳了一陣舞。我記得我當時很詫異，看見他姿勢挺不錯地跳着老式的狐步舞——我以前從未見過他跳舞。後來他倆漫步走到隔壁在我的門前台階上坐了半個小時，一面我應她的囑咐，站在園子裏替他們把風。「請你留神，萬一着火，或是大水什麼的，」她這樣解釋，

「或是碰到別的無妄之災。」

等到我們同去一齊坐下來吃晚飯時，湯姆這位無名小卒又出現了。「對不起，我去跟那邊幾個人一塊坐坐，好吧？」他說。「有一個傢伙很會說笑話。」

「去嘛，」黛西和顏悅色的回道，「假如你要寫幾個住址下來我這裏有隻小金鉛筆你可以拿去。」……她隨即東張西望四處看了一下然後對我說那個女孩「有點下流，但長得蠻俏的」，我於是心裏明白，除了跟蓋次璧兩人在一起的那半小時之外，她這晚玩得並不開心。

不巧我們這一桌的人喝得特別醉。這是怪我不好——有人把蓋次璧叫出去聽電話，我和黛西就加入了這一夥人，因爲不到兩星期以前我剛認識他們，覺得這些人怪有趣的。可是第一次還新鮮的今晚變成腐臭了。

「您舒服一點嗎，貝笛克小姐？」

我同她說話的這位女士正在想慢慢倒向我懷裏來可是並沒有成功，經我這樣一問她斗然坐起身來，大眼圓睜。

「什麼？」

一位塊頭大，瞌睡迷糊的太太，一直要黛西答應明天陪她去打高爾夫球的，現在來替貝笛克女士辯護。

「噢，她沒事了。她每次喝了五六杯鷄尾酒總要這樣大聲嚷嚷。我老勸她不要喝了。」

「我是不喝的了，」被控的那位小姐不太有力地申明。

「我們一聽見你嚷嚷，我就跟這位薛維特醫生說：『那邊有人需要您幫忙，大夫。』」

「她非常感激，不成問題，」另外一位朋友用不太感激的口吻說，「可是你把她的頭捺到游泳池裏去，把她的衣裳全弄濕了。」

「我最恨人把我的頭捺到游泳池裏，」貝笛克小姐咕噥着說。「有一次在紐澤西一個人家差一點沒把我淹死。」

「那你不應該喝酒，」薛維特醫生教訓她說。

「你不瞧瞧你自己！」貝笛克小姐大喊道。「你看你的手直哆嗦。我就是開刀也不要你動手！」

那晚的情形就是這樣糟。我只記得快到最後我跟黛西站在一起遠遠望着那位導演和他一手造就的「大明星」。兩人仍然是在那棵白梅樹底下，保持住原來的位置，但他們的臉現在距離很近，幾乎要接觸了，中間只有一絲月光。我想他大概一晚就站在那兒，非常非常慢的彎腰向前和她接近，正在我看着看着的一剎那，我看見他無形中再彎下最後的一吋，在她面頰上輕輕一吻。

「我喜歡她，」黛西說，「我覺得她美極了。」

可是那晚宴會其他的一切她都討厭——而且無法同她理論，因為不是她的態度問題而是感情作用。她厭惡西卵，這個由百老滙三教九流的人把長島一個漁村硬改過來的「不毛」之地——厭惡這班來歷不明可是生氣勃勃、不守成規的角色。她不明瞭這種根本很簡單的現象，因為不明瞭所以她認為其中一定有不可告人的壞事。

我陪着他們一同坐在大門前台階上等車子。這地方相當暗，只有從敞開的門口放射出十方呎的亮光冲淡了破曉的黑影。樓上更衣室的百葉窗後不時人影幢幢，在那兒人不知鬼不覺的塗脂抹粉。

「蓋次璧這傢伙究竟是誰？」湯姆忽然提出問題。「一個大私酒販子？」

「你在哪兒聽人說的？」我問他。

「我不是聽人說的。我是自己猜的。你曉得，有很多這樣的暴發戶實際上都是大私酒販子。」

「蓋次璧可不是，」我有點不高興了。

他半晌不言語。汽車道上鋪的小石子踩在他脚底下咯喳作響。

「不管怎樣，他一定費了九牛二虎之力才請到這批古裏古怪的客人。」

早晨的清風吹動了黛西灰皮領上的細毛。

「至少這班人比我們認得的人有意思，」她說，但是有點勉强。

「看你今晚的樣子並沒有什麼多大意思。」

「你怎麼知道，我玩得很高興。」

湯姆大笑，轉過來對我說：

「你有沒有注意到黛西臉上的表情——那個女孩硬要她開開龍頭給她洗冷水澡的時候？」

黛西跟着屋子裏傳來的音樂唱起來，她嗓子啞啞的輕聲慢度，把歌詞中每一字唱得有一種從未有過、也不會再有的意義。等到調子轉高時，她天生的女中音嗓子很甜的跟着改變，跟着音節的上下向黑夜中傾吐她的溫暖的魅力。

「這裏面有許多人是不速之客，」她忽然說。「那個女孩子也沒有接到請帖。他們都是闖上門來的，他太客氣了，不好意思擋駕。」

「我很想知道他究竟是誰，究竟是幹什麼的，」湯姆還是不放鬆。「不但如此，我要想法子去調查一下。」

「你不用去調查，我現在就可以告訴你，」她囘道。「他是開藥房的，好多家藥房。都是他一手創辦的。」

他們的轎車慢吞吞地沿着汽車道開過來。

「再見，尼克，」黛西說。

她的目光離開了我，去尋求台階上面燈點得雪亮的門口，從裏面正傳出來一隻當年流行的又甜又苦的小華爾滋調——「凌晨三點鐘」。說老實話，蓋次壁的宴會裏這種隨隨便便、不拘小節的氣氛大可以蘊藏着無限羅曼蒂克的可能性，是她自己的世界中完全沒有的。你聽，裏面彈的這隻歌不是有什麼說不出來的吸引力似乎在呼喚她囘去嗎？在曲終人散之後，在這不可思議的時辰當中，有多少神妙的事可以發生？也許那兒會出來一位意想不到的新客，一位曠世無匹的佳人，一位容光煥發的少女，會叫蓋次壁一見鍾情，而一刻千金的艷遇就可以把五年來始終不渝的愛情一筆勾消。

那夜我待得很遲，蓋次璧叫我多待一會等別的客人走後再談幾句，我就在園子裏流連了一會，一直等到一夥游泳的男女從黝黑的海灘上冷得直哆嗦、嘻嘻哈哈地跑上來，等到每間客房裏的燈都熄掉了，等到最後他走下台階時他晒黑的臉皮較往常綳得更緊，眼睛發亮但微帶倦意。

「她不喜歡這個宴會，」他一見我馬上說。

「誰說，當然喜歡的。」

「她不喜歡，」他還是這樣說。「她玩得不開心。」

他不作聲了。我猜他心裏是說不出的悶悶不樂。

「我覺得跟她之間有很大的距離，」他說。「很難使她懂我的意思。」

「你是說關於你開宴會的事？」

「宴會？」他一揮手把他所有開過的宴會都化爲烏有。「老兄，你知道，宴會對於我並不重要。」

他所要求於黛西的，不折不扣，是要她馬上跑到湯姆面前去聲明：「我從來沒愛過你。」等到她用這句話把過去的四年一筆抹殺之後，他倆可以慢慢計劃其他一些比較切實的步驟。其中一個計劃是，等她恢復了自由，他倆可以回到魯易維爾去在她家裏舉行婚禮——就好像五年以前一樣。

「可是她不懂我的意思。她以前很懂我的意思，我們常常兩人在一起，一坐就坐上幾個鐘點——」

他打斷自己的話頭，開始在滿地淒凉的果子皮、客人收下來又丟掉的小紀念品和踹得稀爛的殘花中間走來走去。

「我看還是不要對她要求過份才好，」我大膽地勸他一句。「你要知道，舊夢不能重溫啊。」

「舊夢不能重溫？」他不相信的叫起來。「我看當然可以！」

他發神經似的東張西望，好像他的舊夢此刻正躲在他這所別墅的黑影裏，伸手過去只差一點就可以捉到。

「我要把一切的事安排得像從前一樣，」他說，一面點頭表示決心。「她會明白的。」

他接着又說了許多關於過去的話，我越聽越覺得他是要設法把從前跟黛西發生戀愛的時候所失掉的什麼，也許是他自我觀念中的某一部份，再收復回來。從那時候到現在，他的生活是亂雜無章的，可是假如他一朝能回到出發點，重新一步一步再走一遍，他覺得他可以發現他所失掉的究竟是什麼……

……五年以前，一個秋天的晚上，他倆曾經並肩走在落葉滿地的街頭，走到一處沒有樹的地方，只看見脚底下的水門汀照在月光裏彷佛水銀瀉地。他們停下來，面對面站着。那天晚上已經有點寒意，空氣中有一種夏盡秋來，使人興奮的神秘。街道兩邊的住宅一個個小窗燈火，打破了黑夜的沉寂，天空上的星星也躍躍欲試。蓋次璧在眼角裏覷見一段一段的水門汀像是搭成的梯子，直通樹梢天邊一個秘密的處所——他可以攀登這個高處，只要他單人匹馬勇往直前，一登上去他就可以儘情吮吸生命之漿，把神妙無比的乳液大口吞下。

當黛西蒼白的臉孔湊上來和他接近時，他覺得他的心越跳越快。他知道他一跟這個女孩子親吻，把自己無可形容的遠景寄託在她短暫的呼吸上，他的意志就再也不會無拘無束的馳騁太空。因此他懸崖勒馬，稍一遲疑，以便傾聽他那已經注定在星球之間的命運。然後他終於和她親吻。一經他嘴唇的接觸，她就像一朵含苞的花，為他一瓣一瓣的開放，而他也就脫胎換骨從此變成另外一個人。

聽了他這番追溯，雖然覺得他太過多情，我感到忽忽若有所失——似乎很久以前聽見過的一段不可捉摸的音節，幾句片斷的歌詞。我一時張口要言語，但又像啞吧一樣，嘴唇動彈而出來的只有驚嘆的氣息。我所要說的，我幾乎記取的，終於停留在無言的境界中，永遠不能表達。

7

正在大家對蓋次璧的好奇心達到頂點的時候，有一天星期六晚他別墅裏一盞燈也沒亮——他那三日一小宴五日一大宴的好客作風，來得蹊蹺，現在去得也就無影無踪。我起先還不知道，漸漸才發覺大小車輛興致冲冲開進他的門，只待上一兩分鐘又垂頭喪氣地走掉。我不知道他是否生病，於是過去看看——一個陌生的僕人，面目猙獰，把門開了一半，滿眼狐疑地瞅着我。

「蓋次璧先生病了嗎？」

「沒病。」過了半晌才不情不願地加了一聲「先生」。

「我好久沒看見他了，一直惦記着。告訴他卡拉威先生探望過他。」

「誰？」那人無禮貌地問。

「姓卡拉威的。」

「卡拉威。好，我告訴他就是。」

他砰的一聲把門關上。

我的芬蘭老媽子告訴我蓋次璧早在一個禮拜以前把他的佣人一一遣散，另外請了五六個人來。這一批新佣人從來不貪圖外快到西卵鎮店家去買菜，只打電話叫人多多少少送點必需的食用品來。店裏送東西的夥計報告說，蓋次璧家的廚房髒得就像豬圈一樣。鎮上一般的看法是，這批新來的人根本不是佣人。

第二天蓋次璧打電話給我。

「你是不是預備出門？」我問。

「我沒有計劃出門，老兄。」

「聽說你把所有的佣人那解僱了。」

「我不要用會說閒話的人。黛西現在常來——總是下午來。」

原來是這樣的。他那種座上客常滿的排場，因爲黛西看了不順眼，現在全部垮台了。

「我現在用的這班人是吳夫山介紹的。他們是一家兄弟姊妹，從前開過小客棧的。」

「我明白。」

是黛西叫他打電話來的——要請我明天去她家吃午飯。也約了貝克小姐。半小時後黛西親自打電話來，聽說我能去她似乎了了一樁心事。看這光景有什麼事會發生。雖然如此，我再也沒想到他們會決定在這個時候來一個三頭對面——尤其是像蓋次璧在他園子裏所提出的要黛西聲明跟她丈夫一刀兩斷那種難堪的局面。

第二天天氣熱得厲害——幾乎是夏季的最後一天了，毫無疑問是最熱的一天。我從紐約回來，火車從地道裏鑽出來重見陽光的時候，只有「全國餅乾公司」工廠熱辣辣的哨子打破了中午煎熱的靜寂。車子裏的籐椅墊晒得燙手；坐在我旁邊的一位太太起先很斯文地坐在那裏任憑汗水滲出襯衫，後來她手裏揑着的報紙都被汗浸濕了，她熱得無可奈何，喘了一口大氣。她的錢包拍的一聲跌在地下。

「我的天！」她喘着氣喊。

我好不容易彎下腰去替她把錢包拾起來遞還給她，手伸得遠遠的，小心拿着錢包的一個角，表示我並沒有覬覦之意——可是四週的乘客，連同這位太太自己，還是不免懷疑我。

「熱啊，熱！」查票員跟面熟的人說。「好熱的天氣……熱！……熱！……您熱得怎樣？您熱嗎？熱嗎？……」

我的月季票被他檢查過後上面留下他手指的汗漬。試想這種大熱天，誰還有心思去管他跟誰親吻，管他是誰的頭髮緊貼着他弄濕了他睡衣的胸口！

……蓋次璧和我站在勃堪能住宅門口的時候，穿堂裏一陣微風把電話鈴聲吹入我們的耳鼓。

「要老爺的屍首！」只聽見聽差大聲向聽筒裏嚷。「對不起，太太，我們交不出來——今天中午熱得滾燙的！」

實際上他講的是：「好……好……我去看老爺在不在家。」

他放下電話，滿頭大汗走過來把我們的硬殼草帽接過去。

「太太在客廳裏等您哪，」他宣佈，同時不必要地替我們指出客廳的方向。這麼大熱天，每一個多餘的舉動叫人看了都覺得費力。

客廳裏面，因爲窗外都有帆布篷遮着，倒很陰凉。黛西和喬登兩人躺在巨大的沙發上，好像兩尊銀像鎭壓住自己的白色衣裙，不讓電風扇吹動。

「我們不能動彈，」她們倆同聲說。

喬登晒黃的手指，上面擦了一層白白的粉，在我手中擱了一下。

「體育家湯姆·勃堪能先生呢？」我問。

同時我聽見他粗獷的聲音低低地、不淸不楚地在穿堂的電話上說話。

蓋次璧站在大紅地毯中間，睜着大眼四處張望。黛西看着他，忍不住笑起來，還是她那種又甜又惹人的笑；她胸口起伏時一陣微微的粉升入空中。

「有人造謠言說，那是湯姆的姘頭在打電話給他，」喬登悄悄告訴我。

我們不出聲。只聽見穿堂裏打電話的聲音忽然提高，好像發火的樣子：「這末說，好極了，乾脆這部車我也不賣給你了……我沒有欠你什麼……以後再要午飯時候打電話來吵我，我可不答應！」

「電話已經掛上了還要裝腔，」黛西說，對她丈夫毫無信心。

「他倒不是裝腔，」我出來說句公道話。「這是眞有其事。我聽他們談過的。」

湯姆猛然把門開開，他粗壯的身軀一時把門口擋住，然後大踏步走進來。

「蓋次璧先生！」他伸出巨靈之掌來歡迎，一肚子討厭但外表裝得非常和氣。「我很高興看見您……尼克，你好……」

「做幾杯什麼凉的來大家喝喝，」黛西命令她丈夫。

他轉身出去張羅冷飲，黛西站起來走到蓋次壁面前，兩手捧着他的臉，嘴對嘴和他親吻。

「你曉得我愛你，」她喃喃地說。

「喂，規矩一點，還有一位女客在這裏，」喬登說。

黛西回過頭來，不相信的樣子。

「那末你跟尼克親嘴吧。」

「這女孩子多下流！」

「我不在乎！」黛西昂然說，一面在磚頭砌的壁爐前面跳了幾步響舞。後來她想起天氣太熱，又乖乖的在沙發上坐下，正好一個穿得整潔的奶媽攙着一個小女孩到客廳裏來。

「我的心——肝，寶——貝啊，」她哄着說，伸出兩手來。「來，來，讓你的親娘來疼你。」

奶媽一撒手，小孩奔過來，害羞地把頭埋在母親懷裏。

「你這個心肝寶貝！媽媽的粉有沒有弄到你黃黃的頭髮上？喏，站起來，跟客人說『您好』。」

蓋次壁和我先後彎下腰來拉一拉小孩不情不願的手。拉完手之後蓋次壁用驚奇的眼光盯着小孩看。我猜一直到現在爲止他並沒有眞正相信有這個小孩存在。

「我沒吃中飯就穿起新衣裳來，」小孩急於轉向黛西身邊告訴她媽媽。

「是的，因爲媽媽要在客人面前顯一顯你。」她低下頭來把臉伏在雪白粉嫩的小脖子後面。「你這個小乖乖啊。你這個心疼透頂的乖乖。」

「是啊，」小孩老實不客氣地應承。「喬登阿姨也穿白衣裳。」

「你喜歡不喜歡媽媽的朋友？」黛西把她轉過來面對着蓋次璧。「你看他們漂亮不漂亮？」

「爹爹呢？」

「她不像她父親，」黛西解釋說。「她長得像我。她的頭髮和臉盤子都像我。」

黛西朝後靠在沙發背上。奶媽走上前一步，攙了小孩的手。

「來，潘咪。」

「再會，寶貝！」

小孩很懂規矩，雖然回過頭來看看捨不得走，但是沒放鬆奶媽的手，被拉出去了，正好湯姆回到屋子裏來，後面聽差端了四杯杜松子酒攙檸檬汁，裏面裝滿了冰叮噹作響。

蓋次璧接過一杯酒來。

「瞧上去冰涼的，」他說，顯然有點緊張。

我們大家一大口一大口的把冷飲喝下去。

「我在哪裏看到一篇文章說太陽一年一年下去越變越熱，」湯姆很溫文的說。「還有，不久地球就會跌到太陽裏去——不，我說錯了——剛剛相反——說是太陽一年一年越變越冷。」

「請到外面來，」他向蓋次璧說，「來看一看我們這個地方。」

我跟他們一同到外面走廊上去。遠遠碧綠而悶熱的海灣裏，一條小帆船慢慢向外邊比較新鮮的海水蠕進。蓋次璧目送這條船過去；然後他伸手指着對岸說：

「我的家就在你正對面。」

「可不是嗎。」

我們的眼睛掠過玫瑰花圃，掠過熱氣噴噴的草地以及沙灘上一撮一撮的亂草，只見那隻小船的白翅膀在蔚藍清新的天幕前徐徐移動。再往前看就是白浪如鍊的海以及三五蓬萊仙島。

「你瞧，多麼好的運動，」湯姆點頭稱許。「我很想跟這隻船到海面上去玩他一兩個鐘頭。」

午飯是餐廳裏吃的，裏面也遮得陰涼，大家一面强作歡笑一面把涼啤酒一杯一杯往下喝。

「今天下午我們做什麼消遣？」黛西連說帶喊。「今天下午，明天下午，再過三十年下午都做些什麼消遣？」

「不要講這種叫人聽了不舒服的話，」喬登說，「一到秋天——天氣涼爽——大家不又有生氣了？」

「現在可熱得要我的命，」黛西還是那麼說，幾乎要哭出來的樣子，「什麼事都是亂七八糟的。咱們大夥兒進城去！」

她的聲浪繼續在熱氣中掙扎，使勁打擊着，要把毫無知覺的熱氣塑出一些形象。

「我只聽說過有人把馬房改做汽車間，」湯姆在跟蓋次璧說，「但是從來沒有人像我這樣把汽車間變成馬房。」

「誰要進城去？」黛西仍然不放鬆。蓋次璧的眼睛瞟到她那邊去。「愛喲，」她喊道，「你的樣子那麼涼快。」

他倆視線相逢，目不轉睛彼此對看，忘掉了周圍的一切。過了一會她勉强把視線轉回餐桌上。

「你永遠是很涼快的樣子，」她又說了一遍。

她剛才明明告訴了他她愛他，湯姆・勃堪能親眼看到了。他目瞪口呆，不能置信，看看蓋次璧又看看黛西，好像她是濶別已久的朋友，剛才認清面目。

「你的樣子就像廣告裏那個人，」她並不覺察，還在對蓋次璧說。「你知道廣告裏那個人——」

「好，好，」湯姆趕快揷嘴說，「我很贊成進城去。走吧——我們大家一道進城。」

他站起身來，兩隻眼還是在蓋次璧和他老婆之間閃來閃去。別人都沒動。

「走啊！」他有點火了。「到底怎麼啦，要進城，就走啊。」

他用盡力量自制着，手抖抖地把杯中剩下的啤酒舉到嘴邊一口乾掉。黛西答話的聲音促使我們大家都站起來，移動脚走到外面滾熱的石子道上。

「我們就這樣馬上就去嗎？」她有點表示反對。「這樣就去？爲什麼不讓人先抽根煙？」

「大家吃飯的時候已經抽夠了。」

「唉，咱們開開心心的，好吧，」她央求他。「大熱的天有什麼可吵的。」

他不理會。

「那末就依你吧，」她說。「喬登，來。」

她們上樓去準備，留下我們三個男的只好站在那兒用脚尖把熱得發燙的小石子撥來撥去。一彎銀月此刻已經掛在西天。蓋次璧剛想開口說話又改變了主意，但湯姆已經轉身來對着他等他開口。

「你的馬房是在這裏嗎？」蓋次璧不得已只好問一聲。

「沿這條路下去大概四分之一哩。」

「哦。」

停了半晌。

「我眞不懂進城有什麼意思，」湯姆怒氣冲冲地說。「女人家腦子裏老是這麼多花樣——」

「要不要帶一瓶什麼東西喝？」黛西從樓上窗口往下喊。

「我去拿一瓶威士忌，」湯姆答應着，一面走進屋子。

蓋次璧僵硬地轉向我說：

「老兄，我在他自己家裏要說的話也不能說。」

「她說話的聲音很不謹慎，」我說。「她的聲音充滿了——」我猶疑了一下。

「她的聲音充滿了錢，」他忽然替我說。

這話對了。我以前還沒悟過來。充滿了錢的聲音——她聲音的美就在於此，她說話的聲音時高時低蘊藏着無窮的吸引力也在於此，金錢叮噹的歌聲……高高供在白色的宮殿上，國王的女兒，黃金女郎……

湯姆從屋子裏出來，手裏拿着一瓶酒包在毛巾裏，後面跟着黛西和喬登，兩人都戴上窄邊緞面小帽，手臂上綰着薄綢披肩。

「是不是大家坐我的車去？」蓋次璧提議。他用手摸一摸車墊上太陽晒得發燙的綠皮。「我沒想到應當把車停在樹蔭裏。」

「你這部車是不是用普通車擋？」湯姆問。

「是的。」

「那麼這樣，你開我的小跑車，讓我開你的車進城。」

這項建議對蓋次璧不太中聽。

「我車裏好像汽油不多，」他推辭說。

「汽油多得很，」湯姆暴躁地說。他看了看油表。「用光了我半路上可以找一個藥房停下來再加。這年頭藥房什麼東西都買得到。」

這句無聊的話說完之後大家都不出聲。黛西皺着眉瞧瞧湯姆，同時蓋次璧臉上泛出一種說不出來的表情，似乎以前我只聽到別人形容過的，又陌生又好像見過。

「走吧，黛西，」湯姆用手把她朝蓋次璧的車子推。「我來帶你坐坐這輛馬戲班的花車。」

他把車門開開，但她從他手臂的圈子裏脫身出來。

「你帶尼克和喬登去。我們開跑車在後面跟上來。」

他走近蓋次璧身邊，伸手碰着他的衣袖。喬登、湯姆和我坐上蓋次璧車子的前座，湯姆有點陌生的樣子搬動了車閘，車子往前一衝，鑽進悶熱的空氣裏，一下子就把他們甩在後面。

「你們注意到沒有？」湯姆質問。

「注意到什麼？」

他尖銳地看了我一眼，心裏明白喬登和我一定早已知道了。

「你們當我是個大傻瓜，是不是？」他說。「也許我是個傻瓜，不過有時候我有一種——一種第二知覺，指示我應當怎樣去做。你們可能不相信這種事，但是照科學的原理——」

他不說下去了。眼前的現實把他從玄奧的深淵邊緣拉回來。

「我已經把這傢伙大致調查了一下，」他接下去說。「我大可以調查得更仔細一點，假使我知道——」

「你是不是找過扶乩的？」喬登幽默地問。

「什麼？」湯姆一時不明白，瞪眼看我們在笑。「扶乩？」

「去問蓋次璧的事。」

「問蓋次璧的事？我才沒有。我說我已經大致調查過他的背景。」

「結果發現他是牛津大學畢業生，」喬登好像很幫忙的樣子替他說。

「牛津大學！」他全然不信。「牛津個屁！你看他身上穿那麼一套粉紅色的衣服。」

「不管怎樣他還是牛津畢業的。」

「恐怕是新墨西哥的牛津鎭吧，」湯姆鼻孔裏發出輕藐的嗶聲，「比較合適一點。」

「不要這樣說，湯姆。你要是瞧不起人那末爲什麼請他吃午飯呢？」喬登有點惱了，質問他。

「是黛西請他的；我們沒結婚前她就認識這個傢伙——天知道什麼地方碰到的！」

我們大家都有點不耐煩，先前喝的啤酒也起了作用。因爲這個緣故大家都不言語，默默地開了一陣路。過了一會醫學博士艾珂爾堡的兩隻大眼在前面赫然出現，令我想起蓋次璧說的，怕汽油不夠。

「不要緊，足夠開到城裏，」湯姆道。

「你看，前面就有一個汽油站，」喬登抗議道。「我才不要在這種大熱天半路上拋錨。」

湯姆一頭不高興，脚把煞車一踩，車子突然在韋爾生招牌下一塊灰土地方停下來。過了一會這位老板從車行內部鑽出來，兩眼空洞洞地瞧着我們的車子。

「喂，加點汽油！」湯姆粗聲叫。「你以爲我們停在這兒幹嗎——看風景嗎？」

「我病了，」韋爾生站在那裏不動彈。「病了一整天。」

「有什麼毛病？」

「我近來身體太累了。」

「那末你要我自己來動手嗎?」湯姆問。「你剛才在電話裏聽上去挺不錯的樣子。」

韋爾生很費勁似的從店門口陰凉的地方走出來,一面喘氣一面把汽油箱的蓋子扭下來。在太陽裏看上去他臉色發青。

「我倒不是故意在午飯時打攪你,」他說。「可是我很需要錢,我急於要知道你那部舊車到底打算怎樣。」

「你喜歡這部車嗎?」湯姆問。「我上禮拜買來的。」

「好漂亮——黃色的,」韋爾生有氣無力的說,一面使勁打油。

「你想買嗎?」

「我哪買得起?」韋爾生苦笑道。「算了吧,不過你那部舊車——買進賣出倒可以賺點錢。」

「爲什麼你需要那麼多錢,突如其來的?」

「我在這兒呆得太久了。我要到別處去換換環境。我太太和我想搬到西部去。」

「你太太?」湯姆吃了一驚,尖聲道。

「她這句話說了有十年了。」他靠在加油機上憩一下,用手遮着陽光。「不管她現在要去不要去,她也得去。我要帶她一塊去。」

正在這時那輛小跑車飛快地在路上急馳而過,打起一陣塵土,同時車上有人向我們揮手。

「多少錢?」湯姆狠狠地問道。

「我告訴你，就在這兩天讓我發現了一樁不正經的事，」韋爾生說。「所以我決心要搬走，所以我又來盯住你要買那部車。」

「汽油多少錢？」

「一塊兩毛。」

天氣熱得我頭都搞昏了，聽了韋爾生的話起先我嚇了一大跳，不過隨卽就悟過來截至現在爲止他雖然疑心他老婆不規矩但還沒疑心到湯姆身上。他所發現的是梅朶近來似乎另外有她自己的生活、有她自己的世界，這項發現簡直使他急得生起病來。我盯眼看着他，再看看湯姆，因爲湯姆自己不到一小時以前也有同樣的發現——我的結論是：人儘管有種族的不同、智力的高下，可是一切別的差別都無所謂，主要的還是生病的人和健壯的人兩者之間的不同。韋爾生身體那麼壞、臉色那麼難看——好像他自己幹了不可饒恕的壞事，跟別的女人私通，把人搞成大肚子。

「我可以把那部車賣給你，」湯姆說。「我明天下午叫車夫開過來。」

這一帶地方，不知什麼緣故，總使我感覺惴惴不安，雖然在光天化日之下也是如此。此刻我把頭掉轉過來，似乎有人叫我提防背後什麼東西。遠遠垃圾堆上邊，醫學博士艾珂爾堡大眼圓睜，仍然日以繼夜在那裏監視着，可是過了一會我發覺離我們不到二十呎的地方另外有一雙眼睛在狠狠地盯着我們看。

車行上面窗簾掀開一條縫，梅朶・韋爾生就從這縫裏往下窺我們的車子。她全神貫注，並不覺察有別人在觀察她，而她臉上一陣一陣不同的感情湧現出來，就像沖洗照片一樣、上面的形影慢慢地先後出現。她面部的表情倒是司空見慣的——我時常在女人臉上會注意到。爲什麼梅朶•韋爾生此刻會有這種表情呢？我起先不懂，過了一會才看出來，她那兩隻充滿妬嫉和惶恐的眼睛盯着看的並不是湯姆而是喬登•貝克，她把喬登錯認爲湯姆的妻子。

一個腦筋簡單的人不困擾則已，一困擾起來就非同小可，等到我們加好汽油重新上路之後湯姆忽然發生恐慌，心裏像油煎一樣着急。短短一小時前他家有嬌妻外有情婦，使他有一種不可侵犯的安全感，可是一下子兩者眼看都要從他手中漏掉。爲自衞起見他本能地用脚猛踩油門，一方面要快快趕上黛西，一方面要把韋爾生拋在腦後。我們的車子以每小時五十哩的速度飛快向愛斯脫利亞區駛去，不一會開到空中電車蜘蛛網似的鋼架之間，看見那部藍色小跑車寫寫意意地在我們前面進行。

「五十街附近那幾家大電影院很凉快，」喬登建議道。「我最喜歡夏天下午到紐約來，大家都跑掉了。城裏的氣氛使你渾身舒服——好像樹上的果子已經爛熟，各種古裏八怪的果子都會落在你手中。」

喬登這個很別緻的比喻不知怎麼的使湯姆更加感覺不安，可是他還沒來得及找話來反對，前面小跑車已經停下來，黛西打着手勢叫我們開上去同她並排。

「我們上哪兒去？」她喊着問。

「去看電影，好不好？」

「太熱了，」她表示反對。「你們去。我們兜兜風，待會兒再碰頭。」說到這裏她又照例要開開玩笑，可是這次有點勉强。「我們約好在哪一個路口會面。你要是看見一個嘴裏含着兩枝烟的男人，那就是我。」

「這裏不是爭論的地方，」湯姆不耐煩地說。後面已經有一架卡車在按喇叭催我們走。「你們跟我走，到中央公園南邊廣場飯店前面再說？」

他幾次轉過頭來向後看看他們車子有沒有跟上來，要是路上的交通把他們就誤了他就慢下來等他們。我想他心裏有點怕他們會往旁邊什麼小街一鑽，今生今世永遠不再讓他見面。可是他們並沒有這樣做。到了廣場飯店之後我們這一夥莫名其妙地開了一個房間——一間套房的客廳。

在我們一窩蜂擠進這間客廳之前大家大嚷大叫爭吵了一頓，究竟爲的是什麼我也弄不清楚，我只記得在這一段時候我的內衣濕得像一條蛇一樣在身上慢慢往上爬，冷汗珠橫流浹背。開房間的主意是這樣來的，起初黛西建議我們租五間浴室，每人都去洗個冷水澡，後來又有人說不如「找個地方喝杯涼薄荷酒」。「毫無道理」，「毫無道理」，大家反來覆去地說——後來又七嘴八舌搶着跟旅館掌櫃的交涉，要不是裝模作樣就是自以爲很發鬆……

那間客廳雖然大但是很悶。時間已經是四點了。但打開窗子底下公園裏的冬青樹仍然噴上來一股熱氣。黛西走到一面鏡子前背對我們弄頭髮。

「這間套房好濶氣，」喬登裝出鄉下佬進城的口吻，引得大家都笑起來。

「再開一扇窗，」黛西發命令，頭也不回。

「沒有窗可開了。」

「那末打電話叫他們送把斧頭上來——」

「最好不要再嚷熱了，」湯姆不耐煩地說。「像你這樣嘰咕只有覺得加倍的熱。」

他打開毛巾把帶來的那瓶酒拿出來放在桌上。

「老兄，請你不要找她的錯，好吧？」蓋次璧發言道。「是你自己要進城的。」

接着一陣肅靜。掛在牆釘上一本挺厚的電話簿忽然繩子斷了綁的一聲跌到地板上。喬登應聲說：「對不住！」——可是這一回沒人笑了。

「我去拾起來，」我走向前一步。

「讓我來。」蓋次璧把電話簿拾起來，仔細研究磨斷的繩子，口中「哼！」了一聲好像覺得很耐人尋味，然後把電話簿往椅子上一扔。

「你覺得你那句話挺得意的，是嗎？」湯姆很不客氣地說。

「哪一句話？」

「張口『老兄』閉口『老兄』的。你是從那裏學來的這一套？」

「喂，湯姆，」黛西從鏡子前面掉轉身來說，「你要說話打擊人，我馬上就走。打個電話下去叫點冰上來我們好作薄荷酒。」

湯姆拿起聽筒打電話，忽然間憋得緊緊的熱氣爆出聲音，我們聽到鋼琴聲響，奏着孟德爾遜莊重嚴肅的婚禮進行曲，從底下舞廳裏傳上來。

「這麼大熱的天還有人要結婚！」喬登很難受的樣子說。

「你可別說——我就是在六月中結婚的，」黛西回憶道，「你想想看，六月裏在魯易維爾那麼熱的地方！有一位客人當場昏倒。是哪個客人昏倒了，湯姆？」

「畢洛西，」他氣冲冲地答覆。

「對了，一個姓畢洛西的，外號叫『方塊』。他是作紙盒子的——我不騙你——他的老家就是田納西州的畢洛西市。」

「他昏過去之後，大家把他抬到我家裏，」喬登補充說，「因爲我家的房子離敎堂只有幾步路。他一住就住了三個禮拜，到後來爹爹老實不客氣下逐客令。他剛走第二天爹爹就死了。」過了一會她又加一句說：「兩件事並沒有關係。」

「我從前也認識一個田納西州孟菲斯來的人叫比爾・畢洛西，」我也湊一句。

「那是他的本家兄弟。他在我家住了那麼久他家祖宗三代我都知道了。他送了我一根鋁製的撥球棒，至今我還在用。」

樓下婚禮開始時音樂已經聲音消逝，此刻從窗外又傳進來一陣很長的歡呼聲，接着人聲嘈雜，嚷着「好啊——好——啊！」再接着又爆出熱辣辣的爵士樂聲——跳舞開始了。

「我們都老了，」黛西說。「如果我們還年輕的話我們就會站起來跳舞的。」

「別忘了畢洛西昏倒！」喬登警告她。「湯姆，你是在那裏認識他的？」

「畢洛西？」他頗費思索。「我不認識他。他是黛西的朋友。」

「他不是我的朋友，」黛西否認。「我在那以前從來沒見過他。他是跟你的專車下來的。」

「那是因爲他自稱是你的朋友。他說他是在魯易維爾長大的。我記得我們已經要動身了，阿薩·伯德把他帶來問我們車上還有位子沒有。」

喬登不禁微笑。

「他大概是揩油一趟火車回家。他還告訴我他是你們耶魯那一班的班長。」

湯姆和我彼此相望，都有點茫然。

「你說畢洛西？」

「別的不說，第一、我們根本就沒有班長——」

蓋次璧一隻脚侷促不安地在地板上敲了幾下，引起湯姆抬頭瞧他一眼。

「講起學校來，蓋次璧先生，我聽說你是牛津畢業的。」

「這句話不完全對。」

「不必客氣了，我聽說你是上過牛津的。」

「不錯——我是去過那裏的。」

大家不出聲。然後湯姆又發出話來，帶有懷疑和侮辱的口吻：

「你去牛津的時候大概就是畢洛西去耶魯的時候吧！」

大家又一會不出聲。一個茶房敲門進來，手裏端着一盤搗碎了的薄荷葉和冰，一直等他說了

「謝謝」，輕輕關上門退出之後還沒有人出聲。關於蓋次璧履歷裏這個了不起的細節，現在終於要追根究底弄個水落石出了。

「我告訴你我是去過牛津的，」蓋次璧說。

「我聽見了，可是我還是要問你是幾時去的。」

「是一九一九那年，我只在那裏待了五個月，所以我不能說我是牛津畢業的。」

湯姆向大家望望，要看我們是否也反映出他臉上那毫不相信的表情。可是我們大家都在看着蓋次璧。

「那是停戰以後他們爲我們一些軍官安排的機會，」他繼續解釋。「我們可以去任何英國大學或者法國大學讀幾個月的書。」

我忍不住要走上去在他背上拍他一巴掌表示贊許。我對他的信心又完全恢復，不止是這一次了。

黛西站起來，嘴邊帶着一絲微笑，走到桌子前面。

「把威士忌開開，湯姆，」她命令道。「讓我替你做一杯薄荷酒。也許喝了酒你就不會覺得自己那麼蠢……你看這些薄荷葉子！」

「且慢，」湯姆一口咬定，「我還要問蓋次璧先生一句話。」

「請儘管問，」蓋次璧很有禮貌地說。

「你跑到我家裏來到底是想鬧些什麼事？」

他們兩人終於公開翻臉了，其實這正是蓋次璧所要的。

「他並沒有鬧什麼事，」黛西從蓋次璧瞧到湯姆，急得不得了。「是你在這裏胡鬧。請你表現一點自制力，好不好?」

「自制力!」湯姆不能置信地重複一遍。「難道現在非得裝聾做啞隨便讓哪個來歷不明的小仔跟你太太吊膀子才算時髦。哼，如果這樣算時髦，就算我守舊吧……這年頭大家毫無家庭神聖的觀念，再搞下去什麼規矩都不守了，黑白之間都可以通婚!」

他漲紅了臉語無倫次，好像以衞道之士自命，單槍匹馬在維護文明社會一樣。

「我們這裏大家都是白人，」喬登低聲說了一句。

「我知道我人緣不好。我家裏不開大宴會。大概在這個摩登社會裏非把自己的家變成豬圈才可以算得上好客。」

我在一旁儘管越聽越火，我們大家儘管都是如此，每次他張嘴說話我總忍不住要笑。一個人居然會這樣現世——滿肚子男盜女娼、滿嘴仁義道德。

「老兄，你說完了。現在讓我來告訴你一件事——」蓋次璧開始說。可是黛西已經猜出來他所要說的是什麼。

「請你不要說了!」她急得走投無路，打斷了他的話。「讓我們回去吧。大家都回家，好嗎?」

「還是回去好。」我站起身來。「走吧，湯姆。沒有人要喝酒。」

「我倒要聽聽蓋次璧先生有什麼話要告訴我。」

「你的太太不愛你，」蓋次璧說。「她從來沒有愛過你。她愛我。」

「你胡說八道！」湯姆機動地反應。

蓋次璧驀地跳起來，興奮得生龍活虎似的。「她從來沒愛過你，你聽見嗎？」他喊叫着。「她當初嫁給你只不過是因爲我沒錢，她不能老等我。那是她一生的大錯，但是她心裏從來沒愛過任何別人，只愛我一個人！」

在這個關頭喬登和我都想溜走，可是湯姆和蓋次璧兩人彼此搶着攔住，硬不讓我們走——好像兩人都沒有不可告人的事，兩人都願意我們留下來有機會作壁上觀分享他們暴露的情感。

「黛西，你坐下來，」湯姆聲音發抖，還拚命裝出嚴父的口吻。「這是什麼一回事？我要從頭到尾聽一聽。」

「我已經告訴你是什麼一回事，」蓋次璧說。「已經有五年的事——你還蒙在鼓裏。」

湯姆霍地轉向黛西。

「你偷偷跟這傢伙來往了五年？」

「不是來往，」蓋次璧說。「我們沒法見面。可是我們倆在這段時期一直彼此相愛，老兄，你不知道。有時我簡直忍不住要笑」——可是他兩眼並無笑意——「想到你還是蒙在鼓裏，一點都不知道。」

「哦——原來不過如此。」湯姆把他的十根粗指頭合攏來像牧師一樣，同時往後靠在椅背上。

「你發瘋了！」他忽然爆發起來。「五年以前的事我管不了那麼多，因爲那時我還沒認識黛西——可是打死我我也猜不出你怎麼會有機會跟她接近，除非你是上她家後門送菜的。至於你其餘的話都是放狗屁。黛西嫁給我的時候她是愛我的——現在她還是愛我。」

「她不愛你，」蓋次璧說，一面把頭直搖。

「隨你怎樣說，她還是愛我。問題是她有時會胡思亂想，行爲也不檢點。」他入情入理地解釋，一面自己點頭稱是。「不但如此，我也愛黛西。偶爾逢場做戲我也會胡鬧一陣，自己丟臉，可是事過之後我總是回來，我心裏始終還是愛着黛西。」

「不要叫人噁心吧，」黛西說。她轉過來跟我講話，聲音忽然降低一個音節，使整個屋子充滿了她對她丈夫的藐視：「你知道我們爲什麼不得不離開芝加哥？很奇怪沒有人告訴你那一次他逢場做戲鬧到什麼田地。」

蓋次璧走過來站在她身邊。

「黛西，那些舊事不必再提，」他認眞地說。「現在沒有什麼關係了。你別的也不用多說，就跟他說眞話——告訴他你從來沒愛過他——其他的事也就一筆勾消。」

她看看他，視而不見。「可不是嗎——我從前怎麼可能——怎麼可能愛他？」

「你從來沒愛過他。」

她猶疑了一下。她的眼睛瞟到喬登和我身上好像有什麼事央告，好像她到現在才了解她在那

晚。裏做什麼事——好像一直到現在她始終沒準備做任何事。但是現在事情已經做了，後悔已經太

「我從來沒愛過他，」她說，但瞧上去很勉强。

「記得我們一同逛加比奧蘭里的時候，你沒有愛過我嗎？」

「沒有。」

樓下舞廳裏悶葫蘆似的樂聲透過一陣陣熱氣傳上來。

「記得那次我從『酒鉢號』遊艇把你抱上岸，不讓你鞋子弄濕，你那時沒愛我嗎？」他聲音粗啞而帶溫柔……「黛西，你說？」

「請你不要再講下去。」她的聲音仍舊是冷冷的，但裏面怨恨的意味已經消失。她瞧瞧蓋次璧。「你看，傑，」她說——可是她要點根烟時手却發抖。忽然間她把香烟和還在燒着的火柴都向地毯上一扔。

「唉，你要求的太過份了！」她向蓋次璧叫道。「現在我愛你——這還不夠嗎？過去的事我沒法子改。」她忍不住抽抽噎噎哭起來。「我從前一度是愛過他的——但是我一直也在愛你。」

蓋次璧兩眼張開來又閉攏。

「你一直也在愛我？」他重複一遍。

「其實連這個都是瞎話，」湯姆惡狠狠地說。「她嫁了我以後根本忘掉有你這麼一個人。告訴你——黛西跟我之間有些事你一輩子也不會知道，我們一輩子也不會忘記。」

他這幾句話像刀子一樣，一把一把扎到蓋次璧心坎上。

「我要跟黛西單獨說一句話，」他還是不肯放鬆。「她現在過份緊張——」

「跟你單獨說話我也不能說我從來沒愛過湯姆，」她哭哭啼啼地招出來。「我卽使那麽說也不是眞心話。」

「當然不是眞心話，」湯姆附和道。

她轉過身來訓她丈夫：

「你這個人還在乎？」

「我當然在乎，從今天起我要好好地照應你。」

「你還是不懂，」蓋次璧趕緊說，心裏有點慌了。「你沒有機會再照應她了。」

「我沒有機會？」湯姆睜開眼睛仰天大笑。他現已經恢復過來，胸中相當有把握。「你倒講個道理出來。」

「黛西要離開你。」

「胡說。」

「我是準備要離開你，」她顯然非常費勁地說。

「她不會離開我！」湯姆忽然對蓋次璧破口大駡。「無論如何不會爲了一個小拆白黨離開我。像你這種人要送她結婚戒指也得去偷來。——」

「這種話我可不答應！」黛西急叫。「求求你，我們走吧。」

「你到底是誰？」湯姆認眞翻臉了。「你是邁爾·吳夫山的那幫狐羣狗黨——這一點我是知道的。我已經調查了一些你的秘密——明天我還要再進一步去調查。」

「那倒可以請便，老兄，」蓋次璧很鎭定。

「我打聽出來那些所謂的『藥房』實際上是什麼。」他轉過身來很快地對我們說。「他跟這姓吳夫山的在此和芝加哥頂下來許多小街上的藥房，偸偸地把酒精一瓶一瓶的裝上當藥賣。這就是他許多把戲中的一個。我第一次看見他就猜他是個販私酒的，我猜的倒是八九不離十。」

「猜對又怎樣？」蓋次璧很有禮貌的說。「你的好朋友華特·蔡士不是也來跟我們合夥嗎？」

「不錯，你還給他上了一個大當，是不是？你讓他吃官司，在紐澤西坐了一個月的監！你還沒聽見華特背後怎樣駡你呢！」

「他來加入我們的時候是個窮光蛋。他很高興有機會賺幾個錢，老兄。」

「你別叫我『老兄』！」湯姆喊道。蓋次璧沒回話。「華特還可以去告你違禁賭馬，但是吳夫山把他嚇得不敢開口。」

那種不常看見也不陌生的表情又在蓋次璧的臉上出現。

「那個開藥房的勾當不過是小意思，」湯姆慢慢地接着說，「你現在又在搞什麼花樣，華特連我都不敢告訴。」

我眼睛望過去，只見黛西嚇得面無人色，瞪着眼看看蓋次璧又看看她丈夫，又看見喬登抬着頭注視天花板，下巴上面似乎頂着一件無影無形的東西。然後我又轉過眼去看蓋次璧——他臉上的表情使我吃了一驚。他活像——可是我先得聲明我最恨平常在他花園裏聽到那些無聊的謠言——他活像剛「殺死了人」的樣子。在那一剎那臉上的表情眞的可以用這句話來形容。

這種表情一會功夫就過去了，然後他開始激動地說話，急急忙忙地解釋，替自己辯護，連沒有人告他罪狀也一口氣抵賴乾淨。但是他話越說得多黛西越顯得疏遠，後來他只好住嘴，只剩下死去的夢跟着下午時光的消逝在掙扎，還在想接觸已經幻滅的東西，還在不快樂地、也不絕望地掙扎着，只想重新追尋到屋子那邊得而復失的聲音。

聲音又開口說話了，還是央求要回家。

「湯姆，我求求你！我實在受不了啦。」

她兩隻驚恐的眸子透露出來，不管她當初有任何意向、任何勇氣，現在都已經化爲烏有了。

「你們兩人先走，黛西，」湯姆吩咐道。「坐蓋次璧先生的車去。」

她不知所以，眼睛看着湯姆，害怕起來，但他故意作出寬宏大量的樣子表示侮蔑，堅持道：

「你儘管跟他走。他不敢對你有什麼無禮的舉動。我想他心裏明白他那想吃天鵝肉的夢現在已經做醒了。」

他們倆就這樣走掉，一句話都沒有，像燭光一樣熄滅了，像一件偶然的事從此不會再發生，像一對鬼影和人間隔絕，連我們的可憐心都無從向他們表示。

稍停一會，湯姆站起來把那瓶未開的威士忌再包起來。

「要喝一杯嗎？喬登？……尼克？」

我沒理他。

「尼克？」他再問一句。

「什麼？」

「要不要喝？」

「不要……我剛才記起來，今天是我的生日。」

我今年三十歲了。在我面前又展開十年坎坷不平的路程。

等到我們跟他坐上小跑車動身回長島時已經是七點鐘了。湯姆…在精神抖擻，說話呶呶不休，不時大聲嘻笑，好不得意，但他的聲音對我和喬登就好像街道兩旁嘈雜的人聲和頭頂上高架鐵道轟隆隆的車聲一樣遙遠。人類的同情心是有限度的，我們現在也只好把剛才那場可悲的爭吵連同都市的燈火一概撇諸腦後。人生有幾個三十歲——眼前保不住再來十年孤寂的生活，單身的朋友一個個凋零，值得興奮的事漸漸減少，自己的頭髮也一根一根的稀疏。可是坐在我身邊的還有喬登，一個少年老成的女孩，不像黛西那樣傻，把早已忘懷的夢年復一年揪住不放。我們車子駛過烏黑的鐵橋時，她那張慘白的小臉懶懶地依在我肩頭上，她緊緊捏住我的手，三十大壽的這一天也就在這一層溫暖的安慰中度過了。

於是我們的車子就在微帶涼意的暮色中向前面的死亡駛去。

驗屍的時候，在垃圾堆旁邊開小咖啡館的年輕希臘人馬佛羅米契里士是主要的見證。那天下午最熱的時候他一直在睡覺，睡到五點以後起來，走到隔壁車行去看見喬治・韋爾生坐在他的小賬房裏病了——的確是不舒服，面色蒼白，渾身發抖。米契里士勸他上床去睡一會，但韋爾生不肯，說一睡就要錯過不少生意。這位鄰居正在勸說的時候樓上忽然大吵大鬧起來。

「我把我老婆鎖在上面，」韋爾生很平靜地解釋說。「我要把她關到後天，然後我們就搬到別的地方去。」

米契里士聽了這話頗爲驚異；他們做了四年鄰居，韋爾生從來一點也不像會說出這種話來的。他一天到晚總是筋疲力盡的樣子，要麼工作，要麼就坐在門口呆呆地望着路上來往的人和車輛。別人同他說話的時候他總是無精打采地笑笑。他自己沒有一點主張，凡事都聽他老婆的話。

現在他這樣改變，米契里士自然想知道發生了什麼事，可是韋爾生一個字也不肯說——同時却莫名其妙地開始用懷疑的目光不住地向他這位鄰居投射，並且盤問他某時某日他是做了什麼事來。米契里士越弄越不自在了，正好這時有幾個工人在門前走過往他餐館那邊去，他就乘機脫身，不過打算等一會再來。但是他沒再來。他想他大概忘了，並無其他原因。一直等到七點過一點他才再到外面來，只聽見韋爾生太太的聲音在車行樓下破口大罵，使他想起先前韋爾生的那番話。

「你打我！」他聽見她嚷。「讓你踢、讓你打好了，你這個骯髒沒種的東西！」

隔了一會她衝出門來在黃昏中奔去，兩手亂舞，口中連聲叫喊——他還沒來得及離開自己的門口慘劇已經發生了。

那部「兇車」——借用第二天報紙上的話——停都沒停。車子從暮色蒼茫中忽然出現，出事後稍許猶豫了一下，然後在前面轉了一個彎就立刻無影無蹤。米契里士連車子的顏色都記不清楚——他告訴第一個到場的警察說是淺綠色。另外一部車，往紐約開的那部，開過出事地點一百碼左右就停下來，開車的趕快跑回來，只看見梅朵•韋爾生跪在公路當中一命嗚呼，她的濃血和路上的塵土糊成一片。

米契里士和另外一個人最先趕到，他們連忙把她上身汗濕的褂子扯開，看見她左面的乳房已經鬆下來搖晃着，知道也不用再去聽底下的心臟了。她的嘴張開着，嘴角撞破了一點，好像她一輩子精神十足最後這口氣逼到不得已才拚出來一樣。

我們還沒開到，遠遠就看見三、四輛汽車停在那裏，四圍站着一大羣人。

「撞了車！」湯姆說。「倒也好。韋爾生可以做一點生意了。」

他把車子慢下來，可是並沒準備停，直等到我們開得近一點，車行門口那班人屏聲歛息的神氣使他不自主的把車煞住。

「我們去看一下，」他有點狐疑。「看一下就走。」

我在這時方才聽見從車行裏不斷地傳來一陣陣空洞的哀號，我們下了車走向車行門口時又聽出來哀號聲中反來覆去氣急敗壞地喊出「我的上帝喲！」幾個字。

「這兒鬧了什麼大禍了，」湯姆慌慌張張地說。

他顛着腳從一圈人頭上面望過去，看見車行天花板上點着一支黃澄澄的電燈泡，掛在鐵絲罩裏，接着他喉嚨裏忽然怪叫一聲，他用他兩隻孔武有力的手臂向前猛力一推就在人叢中推進去。圍着看熱鬧的一圈人被他推開馬上又合攏來，同時大家傳出一陣抗議的聲浪；隨後幾分鐘我什麼也看不見。後來又有新到的人在後面把圈子擠開，忽然間把我和喬登也擠到裏面去了。

梅朵‧韋爾生的屍體包在兩床毯子裏，好像在這大熱的晚上她還着了涼一樣，屍體放在牆邊一張工作枱上，湯姆正背對着我們低頭在看，身體絲毫不動。在他旁邊一名摩托車警察正在把有關人證的姓名抄在小本子上，一面流汗一面寫了又塗改。先前聽到的哀號聲在空洞的車行裏起了許多回聲，我一時聽不出是從那裏來的——後來才看見韋爾生站在他賬房門口離地高一級的門檻上，兩手抱住門框，身體擺來擺去。旁邊有人低聲跟他說話，不時想把手放在他肩上，但韋爾生不聞不見。他的眼睛從那張搖晃的電燈泡慢慢移到牆邊桌上然後突然縮回來又去看那盞燈，嘴裏不停地用他那尖銳、可怕的聲音叫喚着：

「我的上——帝喲！我的上——帝喲！上——帝喲！我的上——帝喲！」

過了一會湯姆使勁把頭一仰，盲目地向車行四圍看了一圈，然後對警察口齒不清地說一句話。

「M——A——V——」警察嘴在動着，一個字母一個字母地拼音，「——O——」

「不是，是R——」那人更正說，「M——A——V——R——O」

「我要問你一句話！」湯姆兇狠地在他耳邊說。

「R——」警察還在寫，「O——」

「G——」

「G——」湯姆一把抓住他的肩膀，警察抬頭問：「你要什麼？」

「是怎麼一回事？——我要知道。」

汽車撞了人。當場撞死。」

「當場撞死，」湯姆重複了一遍，兩眼向前瞪着。

「她跑到路中間。他媽的車子停都沒停。」

「有兩部車子，」米契里士夾着說，「一部開來一部開去。」

「往哪兒開？」警察機靈地問。

「兩部車面對面的方向。喏，她呢」——他伸手要指那邊毯子裏包着的屍體，但手還沒舉就連忙放下——「她跑到路上去，讓紐約來的那部車給撞倒，車子開得三四十哩那麼快。」

「這地方名叫什麼？」警察質問。

「沒有地名。」

一位衣冠整齊的咖啡色黑人走上前來。

「那部車子是黃顏色的，」他報告，「黃色的大汽車。簇新的。」

「你親眼看見車子撞人的嗎？」警察問他。

「沒有，但是那部車子後來在路上越過了我，開得不止四十哩。總有五六十哩。」

「到這邊來，我要把你的名字抄下來。讓開點！我要把他的名字抄下來。」

剛才這段對話一定讓賬房開口的韋爾生聽到幾個字，因爲在他搶天呼地的哀號中忽然多了一個題目：

「不用告訴我那部車是什麼樣的！我知道那部車是什麼樣的！」

我瞧着湯姆，看見他背上的肌肉在衣服裏緊張起來。他快快地走到韋爾生面前，兩手緊握住他的肩膀。

「你一定要想法子撐住，」他粗獷的聲音中帶着安慰的意味。

韋爾生睜開兩眼一看是湯姆，霍地把身子挺直，然後兩腿一軟，險一險坍倒，虧得湯姆把他扶住。

「喂，你聽我說，」湯姆把他搖了兩搖。「我這會兒剛從紐約趕到。我是要把你要買的那部小跑車開來給你的。今天下午我開的那部黃車子不是我的——聽清楚嗎？我後來就沒再開。」

只有那黑人和我站得近，可以聽到他這幾句話，但那個警察似乎也聽出這邊說話的聲音有點蹊蹺，連忙把嚴厲的目光轉過來。

「你們兩人說些什麼？」他質問。

「我是他的朋友，」湯姆回過頭來答話，但兩手還緊緊抓住韋爾生不放。「他說他知道闖禍的車子……是一部黃色的車子。」

警察本能地向湯姆投射懷疑的目光。

「你的車子是什麽顏色？」

「是藍的，一部小跑車。」

「我們剛從紐約開到這兒，」我加了一句。

另外有一個人剛好開車在我們後面不遠的，出來證實了我們的話，於是警察掉轉身去繼續鞫問。

「好，請你再把你的姓名清清楚楚地跟我說一遍——」

湯姆把韋爾生像木偶一樣提起來，提到賬房裏面放在一把椅子上，然後自己又出來。

「有哪位能到裏邊來陪他坐一會兒，」他很權威地發命令，一面說一面瞅着站得最近的兩個人，這兩個人彼此望望，無可奈何，只好勉强走進那間屋子。湯姆把房門關上，跨下那一級臺階，眼睛避開不看牆角的那張桌子。他經過我身邊時低聲道：「咱們走吧。」

他有一點不自在的樣子，用那雙權威性的膀子開路，我們就從人羣中推出去，正好一位醫生慌慌忙忙跑進來，手頭拎着小皮包，還是早半個鐘點以前有人打電話請來急救的。

湯姆慢慢地把車子開走——等到拐了彎之後才把脚使勁踩下來，使小跑車飛快地往黑夜裏鑽行。過了一會我忽然聽見嗚咽一聲，回頭一看，湯姆淚流滿臉。

「他媽的，沒種的畜牲！」他抽抽噎噎地罵。「他車子停都沒停。」

勃堪能公館的房子忽然在黑颯颯的樹葉中間湧現在我們眼前。湯姆把車開到走廊前停下，抬頭向上望，二樓有兩扇窗在葡萄籐中間透出光亮。

「黛西到家了，」他說。我們大家下車時他看着我皺皺眉頭。

「我應當在西卵把你放下來的，尼克。今晚我們沒有什麼別的事可做了。」

他像變了一個人，說話很沉着，果斷。我們在月光滿地的砂子道上走向陽臺，他三言兩語很爽快地解決了這個小問題。

「我去打個電話叫一部出租汽車送你回去。你一面等一面可以和喬登到厨房去讓他們弄點什麼當晚飯吃——要是吃得下的話。」他推開大門。「進來。」

「我不進去了。就請你替我叫部車子吧。我在外面等。」

喬登把她的手放在我胳臂上。

「進來坐一會兒，尼克?」

「不坐了，謝謝。」

我忽然感覺得有一點不好受，寧願他們讓我一人去，別管我。但喬登還流連了一下。

「時候還早，才九點半，」她說。

我心裏想，打死我我也不進去；他們這幫人我這一天看飽了，忽然間連喬登也包括在內。她大概在我臉上的表情中多少看出來一點這種意思，因爲她也不再言語，掉轉身跑上幾步臺階走到屋子裏去了。我坐下來兩手扶着頭，用幾分鐘的功夫清清我的腦子，後來聽見屋子裏聽差打電話替我叫出租汽車。隨後我就慢慢沿着門前汽車道走開，準備到園子門口去等。

我還沒走上二十碼，聽見有人低低地叫我的名字，跟着蓋次璧從兩棵冬青樹中走出來。我當時恐怕有點神志不淸了，因爲我一時想不出什麼別的來，只注意到他那套淺紅色的衣服在月光下閃閃發光。

「你在這兒幹什麼？」我問他。

「沒什麼，就在這兒站着，老兄。」

不知怎麼的我覺得這是一種可恥的行爲。要不是他開口，我看見這種鬼鬼祟祟的樣子可能以爲他是準備去偸人家東西；我可能會看見一羣面目陰險的小賊，「吳夫山的狐羣狗黨」，躱在他後面漆黑的冬青樹裏，也不足奇。

「你回來的時候有沒有在路上看見出了什麼事？」過了一分鐘他問我。

「看見的。」

他遲疑了一下。

「那女人撞死了沒有？」

「撞死了。」

「我當時就知道是撞死了；我告訴黛西一定是撞死了。我想她早晚要受驚的，倒不如乘早告訴她。她聽了之後倒很有勇氣。」

他這樣說好似別的都無足輕重，最要緊的只是黛西的反應。

「我走一條小路開回西卵來，把車子停在我的車房裏，」他接着說。「我想沒有人看見我們，當然我不敢說一定。」

聽到這裏我已經討厭他到極點，因此覺得也無需要告訴他他的想法是錯的。

「撞死的那個女人是誰？」他又問。

「姓韋爾生。她丈夫是車行的老板。到底這個禍是怎麼闖的？」

「唉，等到我伸手想把輪盤扳過來——」他說到這裏打住，我才忽然猜到事情的眞相。

「開車的是黛西，是不是？」

「是的，」他過了一會才承認，「可是當然我要說開車的是我。是這樣的，我們離開紐約的時候她神經緊張，她以爲開開車子可以幫她鎮定下來——想不到那個女人在路旁衝出來，正好我們迎面來了一部車子和我們相錯。前後不到一分鐘的事，可是我有個印象那個女人是想攔住我們說話，大概拿我們當做她認識的人。喏，黛西先是把車子閃開，避免撞到那女人，可是迎面來的那輛車把她嚇了一跳，她又轉回來，我連忙伸手去幫她，但一碰到司機盤我就覺得車子一震——我想一定是當場撞死的。」

「把她胸口軋了一個大洞——」

「別說了，老兄。」他像怕痛一樣把臉閃過去。「撞了人之後，黛西拚命踩油門。我叫她停下來，但她簡直停不住，後來我只好把緊急煞車拉上。車子一停她就昏倒在我懷裏，我就接過來往前再開。」

「明天他就會復原的，」過了一會他又說。「我在這兒再等一會，看他會不會因爲今天下午吵架的事跟她爲難。她現在到她自己房裏去把門鎖上了，假使他有什麼野蠻的舉動她會把燈一關一開作爲信號。」

「他不會碰她的，」我說。「他目前腦子裏想的不是她。」

「我不信任這傢伙，老兄。」

「你預備等多久？」

「一直等到天亮，如果需要的話。至少等他們大家都去睡覺。」

我對於這個局面忽然有了一個新的看法。萬一有人告訴湯姆開車的是黛西，他可能會疑心事情並非出乎偶然——他可能什麼都會疑心。我囘頭去看看房子，樓下有兩三個窗戶點得雪亮，二樓黛西的臥房映出一片紅霞。

「你在此地等着，」我說。「我去看看有什麼動靜。」

我沿着草地邊緣走囘去，輕輕跨過石子車道，然後踮起脚尖走上臺階。客廳的窗幃是敞開的，我看見裏面沒有人。我穿過陽臺——就是三個月以前六月的那天晚上我們一同晚餐的地點——走到一扇長方形的小窗子，我猜是厨房外間的窗子前面，裏面燈也點着，百葉窗關得緊緊的，但在窗沿上我發現一條縫。

黛西和湯姆面對面坐着，兩人中間厨房桌上放着一盤冷鷄和兩瓶啤酒。他正在聚精會神對她說什麼話，說得那麼熱心他的手不知不覺地擱在她的手上。她呢，不時的向他看看並且頻頻點頭表示同意。

他們的樣子並不快樂，桌上的鷄和啤酒兩人都沒動——可是看上去也不能說他們不快樂。這是宛然一幅琴瑟和諧的親切畫像，任何人看上去都會說這對夫婦是在那裏一同商量什麼機密。

等到我轉身躡着脚輕輕從陽臺上走下時，我聽見我的出租汽車在黑地裏慢慢沿着汽車道開到房子前面。我走回剛才和蓋次璧交談的地方，他還在那裏等着。

「裏面一切都安靜嗎?」他急着問。

「是的，都很安靜。」我猶疑了一下。「你最好也回家去睡睡吧。」

他搖搖頭。

「我要在這兒一直等到黛西上床睡覺。明天見，老兄。」

他把兩手揣在口袋裏，掉轉身來背着我，繼續努力去監視那座房子，好像有我在場未免有損他神聖的使命。我只好走開，留着他站在月光下——空守着。

8

我一晚都睡不着；海灣上霧笛嗚嗚不停地響，我在床上好像害了病一樣在猙獰的現實與兇野的怪夢之間輾轉反側。快天亮的時候我聽見一輛出租汽車開上蓋次璧的汽車道，我馬上跳起來穿衣服——我覺得心裏有話要告訴他、有事要警告他，等到早晨就太遲了。

我穿過草地走到隔壁，看見他的大門還開着，他在穿堂裏靠着一張桌子站着，也許因爲失望也許因爲失眠，神情很沮喪。

「沒有什麼事，」他慘淡地說。「我一直等到四點，看見她走到窗口，站了一會兒，然後把燈熄掉。」

天還沒亮，我們兩人摸索着穿過許多廳堂想找根煙抽，在黑地裏他這座別墅之大是我從來沒想像到的。我們推開帳篷似的又厚又大的帷幔，用手在黑暗中沿着無窮盡的牆壁摸索着找尋電燈的開關——一不小心我的脚一絆，轟隆一聲摔在一架幽靈似的鋼琴上。不知何故屋子裏到處都是灰塵，每間房裏都是霉氣，好像很多日子沒通空氣一樣。最後我在一張從未注意過的桌子上找到一隻煙盒，裏面還有兩根乾癟的紙煙。我們把客廳的長窗打開，坐下來對着外面的黑夜抽煙。

「你應該走開，避避鋒頭，」我說。「他們一定會查出來是你的車子。」

「老兄，你說此刻走開？」

「到大西洋城去過一個禮拜，或是到蒙特里奧走一趟。」

他絕對不肯考慮。在他還沒知道黛西準備做何打算之前他怎麼可能輕易離開？他像一個快要沉下水的人，抓着最後一線希望死也不放，我實在不忍叫他撒手。

就是這天我們兩人黑夜對坐的時候他告訴了我他年輕時代跟隨但•柯廸先生的那一段傳奇故事——他到現在才能坦白告訴我因為「傑•蓋次璧」這個人物塑像已經像玻璃做的一樣被湯姆無情的打擊砸得粉碎，他半生精力所扮演的角色已經演到筋疲力盡，不能不收場。我想照他此刻的心情他一生什麼底細都肯毫無保留地說出來，可是他只要談關於黛西的事。

她是他生平所認識的第一位「大家閨秀」。他以前以各種不知名的身份也曾與這個階層接觸過，但每次總覺得有一層無形的鐵絲網在中間隔開他們。認識了黛西之後，他發現她是他渴望的對象。他常常到她家去，起初跟泰勒軍營裏的其他軍官一同去，後來就單獨去。她的家使他驚異——他從未涉足過這樣華麗的住宅，但其所以有一種興奮而緊張透頂的氣氛還是因為這是黛西的家——這是她晨昏坐息的地方，同他在軍中住的帳篷沒有兩樣。黛西的家在他眼中有不可思議的神秘，隨時隨地向他暗示，樓上可能有他從未見過的富麗而陰涼的臥室，穿堂裏可能永遠有歡笑的聲音和熱情洋溢的舉動，在一切之上還可能有英雄兒女的浪漫史——不是陳腔俗調的小說故事而是新鮮的，活靈活跳的，像今年雪亮的新牌汽車、像舞會裏擺滿香噴噴的鮮花。使他更興奮的是很多男人在他之前已經為黛西傾倒，熱愛過她——這在他眼中增高了她的身價。每次他到她家去時他感覺這些追求者的靈魂還在四週縈繞不散，他們感情的波動和心旌的跳蕩充滿她家的氣氛中。

可是他心裏明白，他自己所以能成為黛西家裏入幕之賓不過是一件絕無僅有的巧事。不管他以傑・蓋次璧的身份前途多麼光榮，目前他只是一個一錢莫名，沒有家世的窮小子，使他冒充王子的這一襲軍服隨時都可以褪下來的。因為這一個緣故他就加倍利用他僅有的時間。他儘量享受眼前所能得到的，狼吞虎嚥、不顧後果——終於在十月裏一個靜寂的晚上他佔有了黛西，佔有了她的身體，為的只是按常理而言他連碰一碰她的手的資格都沒有。

他也許應該內心自疚，因為他委實是假借了名義跟她發生關係。我不是說他當時曾經冒充家財百萬的富家子弟，可是他的確存心使黛西有一種安全感，使她相信他的出身跟她不相上下——十足地能夠贍養她。實際上他毫無這種能力，更談不上門當戶對，不但如此，在全無人情味的政府支配之下，他隨時都可以被調到天涯海角去。

可是他並沒有自怨自艾，他倆的關係結果也沒有像他意料中那樣。起初他可能只想玩玩，然後一走了事——但後來他發現他把自己奉獻給一種「理想」的追求。他明知黛西不是一個普通的女孩子，但他所不知道的是究竟一位「大家閨秀」能有多麼不尋常。等到他倆分手時她一去就「侯門如海」，返回她豪華、美滿的生活，把蓋次璧拋在門外——兩手空空。事過之後，別的沒有什麼，只是他對她反而覺得是以終身相許了。

兩天之後，他倆再度見面時兩人之中還是蓋次璧覺得心慌意亂，似乎多多少少上了對方的當。她家涼台披着燦爛的星輝；她仰起頭來讓他親她怪可愛的、奇妙的嘴唇時，兩人坐的籐椅很時髦地吱吱作響。她那天着了涼，嗓音較平時更沙啞、更嬌美，一時蓋次璧不勝感動，意味到金錢怎樣能夠維護和保持青春的神秘，意味到一套一套華貴的衣裝怎樣能夠使人清新脫俗，意味到黛西像一彎銀月凛然高踞天空，藐視塵世間那羣不斷爲生活搏鬬的窮人。

「老兄，我眞沒法向你形容我當時多麽驚訝，發現自己愛上了她。當中有一段時間我甚至希望她把我刷掉，可是她沒刷我，因爲她也愛上了我。她認爲我是一個飽經世故的人，因爲我懂的事恰巧是她所不懂的……你看，我就是這樣陷入情海而不能自拔，把以前的雄心忘得一乾二淨，而且忽然之間自己並不在乎。假使我能在她耳邊數說未來壯志而得到更大的快樂，那末又何必顧慮實際上去做轟轟烈烈的事呢？」

在他的部隊動身開到海外之前的那天下午，他把黛西抱在懷裏兩人默默地坐了很長的時間。那是冷絲絲的一個秋天下午，屋子裏已經生了火，烘得她兩頰紅暈，她身子不時移動一下，他的胳臂也跟着稍微改動地位，有一次他低頭用嘴親親她漆黑光亮的頭髮。這半天的厮守給他們帶來片刻的安寧，似乎要在他們心坎上鑄下一條深刻的痕跡以便應付第二天即將開始的長久的分離。他倆在這一月的相愛中從未有過此刻這樣的親密，也從未像此刻這樣心心相印：她靜默的嘴唇輕輕拂過他軍服的肩頭，他用手溫柔地碰一碰她每一個指尖，好像她在睡夢中惟恐把她驚醒一樣。

他在軍中成績異常的好，還沒有開到前線去已經當到上尉，等到阿岡戰役之後又晉升少校，指揮一師的機關槍隊。停戰以後他迫不及待地申請回國，但不知怎樣手續上發生問題或誤會，結果反把他送到牛津去。他開始着急起來——因爲黛西來信的語氣漸漸由緊張而絕望。她不懂他爲什麼不能卽刻回來。她開始感覺到外界的壓力，她需要見他，需要有他在身邊不斷地告訴她她並沒有做錯事情。

因爲黛西還年輕，她的世界是蘭香襲人、天眞、快樂而勝利的繁華世界，充滿舞樂的時代節奏，透過流行歌曲爲逝水年華下一個註脚。薩克斯風通宵嗚咽着「比爾街」憂鬱的藍色情調，陪着一百雙金銀足趾婆娑起舞。每天晚茶時分，舞廳到處瀰漫着這種低而甜的狂熱使人跟着不斷心跳，女孩子們鮮艷的面龐像一瓣瓣殘落的玫瑰，被樂聲在舞池中吹東吹西，黯然神傷。

在這黃昏的宇宙中黛西又開始活動了；轉眼間她回復到每天和五六個男朋友約會的生活，破曉與致闌珊回來胡亂睡覺，輕紗鑲珠的舞裳和萎枯的蘭花揉做一團，丟在睡榻旁邊地板上。她一面過着這種日子一面內心渴望做一個決定。她要馬上，瞬息之間，解決自已的終身大事——而幫助她決定的一股力量——愛情也好、金錢也好——必須是現實而近在眼前的。

等到春天過了一半這股力量由於湯姆·勃堪能的來臨而實現。他這人像貌堂堂，家道殷實，所以他對黛西表示意思黛西也覺得有面子。毫無疑問，她內心有過一番鬪爭，可是事過之後倒也如釋重負。她的信遞到之日蓋次璧還待在牛津。

長島上此刻已經天亮，我們把樓下其餘的窗子也一扇一扇打開，讓漸漸灰白、漸漸金黃的光線透進屋子裏來。外面露水浸濕的草地上突然橫出一株大樹的影子，在藍色的樹葉中影形不見的鳥兒開始歌唱。空氣中有一種令人愉快的流動，不能說是風，似乎預告這天將是涼爽宜人。

「我不相信她以前愛過他。」蓋次璧從窗前轉身對我用挑戰的意味說。「你別忘記，老兄，她昨天下午非常緊張。他罵我的那些話把她嚇唬住了——他把我罵得一文不值，像一個小拆白黨。結果弄得她不知道怎麼說才好。」

他悶悶不樂地坐下來。

「當然他們剛結婚時她也許可能愛過他一個極短的時間——同時她最愛的還是我，你懂得這道理嗎？」

忽然間他又說了一句很奇怪的話。

「無論怎樣，這是我個人的事。」

試想這句話是什麼意思，除非表示他對這件事有他自己一種千錘百鍊的觀念，是外人無從捉摸的？

等到他從法國回來，湯姆和黛西還在蜜月旅行，他非常傷心同時身不由主地用他軍中薪水所餘的最後幾塊錢買了一張車票到魯易維爾去。他在那裏待了一星期，走遍從前他倆秋夜並肩散步的街道，又去重訪許多他倆從前開着她那部白色汽車逛過的偏僻地方。正如以前黛西的住宅在他眼中比別的房子蘊藏着更多的神秘與歡娛，現在魯易維爾這個城，雖然她人已一去不同，在他看來還是瀰漫着一種抑鬱的美。

他離開的時候有這種感覺：假如他能加倍努力去找一找也許會找到她——現在他似乎輕易把黛西丢下來而自己跑掉。他坐的是二等車——他已經一錢莫名了——車廂裏熱得厲害。他走到車尾敞篷的地方坐下來，車站在他眼底下溜過去，一些陌生的建築物背面也在他眼簾中一幢一幢移動過去。再過一會火車走到春天的郊外，一輛黃色電車並駛齊驅走了一段路，電車上可能有搭客一度無意間在街頭巷角見過她那張楚楚動人的臉蛋。

火車軌道拐了一個彎，現在是背着太陽走，落日的餘暉似乎展開來在替這個慢慢消逝的城祝福，這個她一度生息的地方。他像沒頂的人，力竭聲嘶地伸出手去抓，一縷輕烟、一塊碎土，只要抓住一點可以使他紀念這個因爲黛西而他認爲最可愛的地方。可是一幕一幕的景色此刻走動得太快，以兩隻模糊的眼睛已經來不及溫存。他心裏知道，他懷念中最新鮮、最美好的一部份已經失去了，永遠失去了。

我們吃完早點走到陽台上去時已經九點鐘。一夜過來天氣驟然變了，空氣中顯然有秋天的意味。一個園丁，蓋次壁老佣人中僅存的一個，走到台階前面道：

「蓋次壁先生，我今天打算把游泳池的水放掉。樹葉就快落下來了，水管一不小心就會塞住的。」

「今天不要弄，」蓋次璧對他說。他轉身含有歉意地對我道：「你知道，老兄，我整個夏天沒用過那個游泳池！」

我看了看錶，站起來說：

「我那班車還有十二分鐘。」

我並不願意進城，我那天簡直沒有心思做什麼工作，可是倒不是因爲如此——我實在是不願意離開蓋次璧。我錯過了那班車，又錯過了底下的一班，然後才勉强離開。

「我等一會兒給你打電話，」我最後說。

「一定，老兄。」

「大概中午的樣子給你打電話。」

我們慢慢地走下台階。

「我想黛西也會打電話來的。」他邊說邊看我的臉色，好像希望我支持他的想法。

「我想她會的。」

「那末，再會吧。」

我們彼此握手，然後我就走開。我走到一排冬青樹前面又想起了一件事，於是掉轉身來隔開一片草地向他喊道：

「他們都是混蛋！」我說。「他們沒有一個人比得上你。」

我事後每次想到那天的情景總是很高興我說了那句話。那是我唯一的一次恭維他，因爲我原本是澈頭澈尾不贊成他這個人的。他聽了我的話起先很禮貌地點點頭，隨後笑逐顏開向我作他那會心的微笑，好似我所說的話事實上我們兩人早已私下絕對同意的。遠遠地望上去他那套粉紅色衣服襯在白的台階上鮮艷奪目，令我想起三個月前我初次來他的別墅拜訪的那天晚上。那天他的草地和汽車道上擠滿了客人，一個個心裏都在揣想他的背景是多麼齷齪——而他本人當時站在台階上——心裏蘊藏着他的純潔的夢——向大家揮手道別。

我想起來要謝謝他留我吃早點。所有的人——連我自己——永遠是向這位主人道謝。

「再會，蓋次璧，」我又喊一聲「謝謝你的早點。」

在城裏，我起先還想試試抄錄那些不計其數的股票行情，後來實在支持不住倒在辦公室椅子上睡着了。快到中午的時候電話鈴響把我叫醒，我吃了一驚，額角上拼出一頭冷汗。打電話的是喬登•貝克。她常常在這個時候打電話給我，因為她自己行蹤不定，出入大旅館、俱樂部和朋友的住宅，別人要找她很不容易。通常她每次打電話來她的聲音一陣清風彷彿把碧綠的高爾夫球場帶到囂雜的辦公室裏來，但這次她的聲音似乎有點僵硬不悅耳。

「我已經離開黛西的家，」她說，「我此刻在恒普邨，下午就要到南漢普鎮去。」

照理說在這種情形之下離開黛西的家當然是很知趣的，但喬登這樣做却使我感到討厭，接着她底下一句話更叫我生氣。

「昨晚你對我不大客氣。」

「在那種情形之下有什麼多大關係?」

「不用管了——我要見你。」

「我也要見你。」

「那末我今天下午就不去南漢普鎮，我到城裏來，好不好?」

「不好——我想今天下午不好。」

「隨你的便吧。」

「今天下午不成。有些事——」

我們就這樣一來一去地說了一會，後來突然地我們雙方都不再言語。我也記不清是她還是我把電話拍一下掛掉，我只記得我那時已經毫不在乎了。我那天下午實在不能跟她面對面一塊喝茶聊天，即使她和我斷絕我也沒有辦法。

過了幾分鐘我打電話到蓋次璧的別墅去，但電話在忙。我一連打了四次，最後電話總局一名接線生不耐煩地告訴我這條線路在等底特律的長途電話，其他的人叫一概不接。我從衣袋裏拿出火車時刻表來在三點五十分那班車上面圈了一個圈。後來我又靠在椅背上想動動腦筋。這時才中午十二點。

我那天早上乘火車進城，車子經過垃圾堆時我故意走到車子的另外一邊，避免看見那個出事的地點。我想那天一整天還會有一大堆人圍在那裏，小孩們跑來跑去在塵土中找黑色的血斑看，還有嚕裡嚕囌的閒人左一遍右一遍地大談出事的經過，一直說到眞眞假假說不分明，梅朶•韋爾生的悲劇才被人忘懷。不過現在我要倒回去追敍一下前一晚在我們離開之後車行那邊的情形。

他們起初到處找死者的胞妹凱塞琳找不到。這位小姐敢情那天晚上破了她自己不喝酒的例，等到她到了出事地點人已經爛醉如泥，別人告訴她救護車已經開往福萊興區，怎麼說她也不明白。後來終於有人說服了她這一點，她一聽馬上就暈過去，好像在所有發生的事當中這是叫她最難受的一件事一樣。於是又有某人，也不知是好心或是好奇，請她搭他的車子，把她跟在姊姊的屍體後面送到殯儀館去。

午夜已經過去多時，一大堆川流不息的人還在像潮水一樣不時湧到汽車行前面。在裏面喬治•韋爾生一直不停地在睡榻上亂搖亂滾。起先賬房的門還是敞開着，凡是擠到車行裏來看熱鬧的人都忍不住往裏面張張。後來不知誰說這太不成話了，才把門關上。裏面有米契里士和幾個別的漢子；最先是四五個人，後來兩三個人。再後來只剩下另外一個人，米契里士只好請他再等一刻鐘，他回到自己舖子去煮了一壺咖啡。最後只剩他一個人，陪着韋爾生一直到天亮。

約莫早上三點左右韋爾生的胡言亂語內容變了質——他漸漸安定下來，同時又談到那部黃色的汽車。他宣佈他自己有辦法知道這部黃汽車是誰的，接着他忍不住哇的一聲說出來一兩個月以前有一天他老婆從城裏回來，鼻子、臉都被人打得青腫。

當他這幾句話到達自己耳鼓時他不禁心如刀割又開始搶天呼地哭喊起來——「我的上帝喲！」米契里士笨手笨腳地想法子安慰他。

「喬治，你結婚幾年啦？唉，息一會兒吧，息一會兒，別動。告訴我，你結婚幾年啦？」

「十二年。」

「生過孩子沒有？唉，唉，喬治，別動呀。我問你，生過孩子沒有？」

棕色硬殼蟲繞着微弱的燈泡不停地亂飛亂撞。每次米契里士聽見汽車在外面公路上急馳而過，他總覺得好像是幾個鐘頭以前急馳而過停都不停的那部車子。他不願意走到外間車行去，因為那裏一張長桌停過屍首還有一灘一灘血漬在上面，因此他只好很不舒服地在賬房裏走來走去——還沒到天亮他已經把小屋子裏每樣東西都弄熟了——不時地又坐在韋爾生身邊想法子叫他安靜一點。

「喬治，什麼地方有教堂你去過的嗎？也許你已經好久沒去了？也許我可以打電話去請一位牧師先生來，他可以跟你談談，你看好嗎？」

「我不屬於什麼教堂。」

「你應該去教堂做做禮拜，喬治，碰到這種時候可以幫幫忙。你從前一定去過教堂的。你不是在教堂裏結婚的嗎？」

「那是很久以前了。」

韋爾生回答這幾句話費了大勁，此刻稍微安靜下來，身體不再搖擺。過了一會他那對沒有神的眼睛又顯出先前恍恍惚惚、神志不清的樣子。

「把那個抽屜開開看，」他指着書桌說。

「哪一個抽屜？」

「那個抽屜——那邊那個。」

米契里士把離他手邊最近的一個抽屜拉開，裏面什麼都沒有，只有一根樣子很貴重的小狗鍊，一條鑲銀的皮鍊子——看上去還是新的。

「這個？」他把狗鍊拿起來問。

韋爾生瞪着眼點點頭。

「我昨天下午發現的。她想法子向我解釋，但是我知道其中一定有什麼把戲。」

「你想是你太太買的？」

「她用薄紙包着放在她的梳粧台上。」

米契里士不覺得這件事有什麼古怪，他隨口說出許多理由爲什麼韋爾生的老婆可能會買這條狗鍊。也許有些理由韋爾生已經從梅朶口中聽過，所以此刻他又輕輕地哼起來——「我的上帝喲！」——弄得這位好心安慰他的鄰居還有幾個理由沒說出口又縮回去了。

韋爾生過了半晌道：「那末他是故意用車撞死她的。」他忽然嘴巴張開，合不攏來。

「誰撞死他？」

「我有法子去打聽。」

「喬治啊，你眞是想胡塗了，」他的朋友說。「你腦筋受了這個大刺激連自己說什麼都不知道了。還是想法子好好坐一會兒，等天亮再說吧。」

「他謀殺了她。」

「喬治，車子是無意撞的呀。」

韋爾生搖搖頭。他兩眼閉成一條縫，咧開大嘴，有氣無力地「哼！」了一聲，表示不信。

「我知道，」他肯定地說。「我天生是個老實人，總是相信別人，從來也不說任何人壞話，但是有些事我不知道則已，一知道了準沒錯。是那個人在車子裏。她跑到路邊上想跟他說話，但是他停都不停。」

米契里士當初也注意到這一點，但他並未想到其中有什麼特別的意義。他以為韋爾生的老婆往外跑為的是要離開她丈夫而不是要攔這部汽車。

「她怎麼會弄成那樣？」

「她這個人很有心眼兒，」韋爾生答非所問。「啊——喲——」

他又搖晃起來。弄得米契里士手裏拿着狗鍊不知如何是好。

「喬治，你有沒有什麼朋友我可以打電話請來幫幫忙？」

他並沒有多大指望——他想韋爾生十有八九不會有什麼朋友，連自己的老婆都管不住。再過一些功夫他很高興看到屋子裏有點改變，窗外透出一些藍色，他知道天快亮了。約莫五點左右外面天色更藍，屋子裏燈可以關掉。

韋爾生把他那對凝結的眼珠轉向窗外的垃圾堆，看見上面飄着幾朵奇形怪狀的灰雲，被微風吹來吹去。

「我早對她說過，」他靜默了好半天然後自言自語道。「我告訴她她儘管可以騙我可是騙不了上帝。我叫她跟我到窗口」——他掙扎着站起來，移步到後面窗前，把臉緊貼在上面——「然後我對她說『上帝知道你所做的事，你所做的一切事。你儘管騙我，你騙不了上帝！』」

米契里士此刻站在他背後，抬起頭來一看，吃了一驚，迎面正是醫學博士艾柯爾堡的那雙大眼，剛從朝霧中顯現出來，慘淡無光的巨靈大眼。

「上帝什麼都看得見，」韋爾生嘴裏又喃喃說了一遍。

「那是一個廣告牌啊，」米契里士告訴他。不知怎麼他不能再往外看，只好把視線轉回室內。但韋爾生在那裏站了好一會，臉緊貼着玻璃窗，向着晨曦不住地點頭。

等到六點米契里士已經累得不堪，聽見外面有一部車子開到門口停下心裏好生感激。來人也是昨晚幫忙陪伴的一位，答應早上再來的。於是他作了三個人的早餐，他和來的人一同吃了。韋爾生此刻比較安靜，米契里士就回家睡覺；四小時之後他醒過來，馬上又跑回車行，韋爾生人已經不在。

事後有人追蹤他的足跡——他始終是步行的——先是走到羅斯福港，從那裏又到嘉德山，在這裏買了一個三明治後來也沒吃，和一杯咖啡。他這時大概已經走累了，脚步很慢，走到中午才到嘉德山。一直到這裏並不難查出他的行蹤——有好幾個小孩說看見過這麼一個人，「瘋瘋癲癲的」，還有幾個開汽車路過的人記得他站在路旁很怪的樣子用眼睛盯着他們望。從十二點左右起以後的三小時就不見了他的蹤跡。警察根據他對米契里士所說的話，說他「有法子去打聽」，猜想在這三小時中他多半是在附近一帶地方走遍各家汽車行去探詢那部黃色汽車。可是沒有一個汽車行的人出來報告見過他，所以可能他另外有更容易、更直接的方法去打聽他所要知道的事。大概下午兩點半模樣他到了西卵鎮，那裏有人看見他打聽到蓋次璧別墅去的路。可見得在那個時候他已經知道蓋次璧的姓名了。

下午兩點蓋次璧換上游泳衣，吩咐聽差如果有電話就到游泳池來叫他。他先到車房去拿了一只夏天給客人們用來玩耍的橡皮墊子，車夫幫他打起氣來。他吩咐車夫把那敞篷車留在車房裏，無論如何不要開出來——車夫聽了暗自納罕，因爲車子前面右邊的擋泥板撞壞了需要修理。

蓋次璧把橡皮墊子扛在肩上開始走向游泳池去。走不到幾步他停下來把墊子移動一下，車夫在後面問他要不要幫忙，他搖搖，再過一分鐘他就走入樹林的黃葉中不見了。

那天下午沒有人打電話來，可是聽差一直在等着，午覺也沒睡，一直等到四點——等到那時即使有電話來也不會有人接了。我有一個設想：蓋次璧本人早已心裏明白電話是不會來的，也許到了這個地步他已經不在乎。如果我的想法是對的，那末他一定覺悟到他已經喪失了他從前那個溫暖的世界，爲了抱着一個夢太久而付出一份很高的代價。他一定在游泳池裏仰天透過可怕的樹葉望見一片陌生的天空而打了一個寒戰，同時發覺玫瑰花是多麼醜惡、陽光照在淺草上是多麼殘酷。他恍然處身於一個新的世界，一個具體而不眞實的世界，在這裏可憐的寃魂呼息着輕夢，飄來飄去……就像這個滿身灰土的人形，隱隱約約從樹林中出現，悠悠地向他面前走來。

車夫說他聽見一聲槍聲——他是吳夫山派來的人員之一——可是他承認他當時並沒有十分注意。我從車站僱了一部車子一直趕到蓋次璧別墅。聽到我奔上台階急急忙忙的脚步聲，屋子裏的人才發覺出了什麼意外。不過我相信他們一定一聽就知道。車夫、聽差、園丁和我，一語不發，三脚兩步就奔到游泳池邊。

池裏的水有一絲波動，因爲清水汩汩從一頭流進來又從另一頭推動着流出去。那隻沉重的橡皮墊子在水面上盲目地飄着。微風激起幾乎看不出來的水紋，使它載着莫名的負擔，改動了莫名的方向。一撮落葉使它在水上慢慢旋轉，拖着尾巴一樣的一絲紅圈圈。

我們幾人把蓋次璧抬回屋子裏去，還沒走上幾步園丁一眼在旁邊不遠的草裏看見韋爾生的屍首，於是這場浩刼才告終結。

9

事過兩年，在我的記憶中，那天的後半、那一晚以及第二天，沒有別的只有一批一批的警察、攝影師和新聞記者，不停地在蓋次璧的別墅門口出出進進。靠馬路的大門有一根繩子攔住，旁邊派了一名警察看守，不讓閒人進來，可是附近的小孩不久就發現可以從我的園子裡繞過來。他們總是三五成羣、目瞪口呆地擠在游泳池旁。有一個舉止頗有自信力的人，可能是一名偵探，俯首檢視韋爾生的屍體時隨口說了一聲「瘋子」，他語氣的權威性不期然地竟影響了第二天早上所有的報紙記載。

多半的新聞報導簡直像一場噩夢——充滿了離奇怪誕、嚮壁虛構的說法。驗屍官從米契里士的口供裡問出來韋爾生生前曾經疑心過他太太有不規矩的行爲，我蠻以爲那些黃色小報要加油加醬大爲渲染一番——幸而凱塞琳不但沒有胡說亂道居然守口如瓶。她在法庭上表現得頗有幾分骨氣——回答驗屍官的問話時兩眼在描得彎彎的眉毛下很有果斷，一口咬定說她姊姊從來沒見過蓋次璧，她姊姊的婚姻非常美滿，她姊姊從來沒有什麼不規矩的行爲。她這樣振振有詞把自己都說服了，同時一把眼淚一把鼻涕，好像連提到她姊姊有這類不名譽的事的可能，她都受不了的樣子。這樣一來，驗屍官批下來就成爲韋爾生「悲傷過度神經失常」，整個案子就這樣了結。

對我來說，這方面的一切程序似乎都是不必要的、無關痛癢的。我當時發現我是站在蓋次璧一邊的，而且只有我一人。從最初我打電話到西卵鎭報告慘案時起，隨便什麼人要揣測關於他的事或是提出比較實際的問題，都找到我這裡來。起初我相當詫異和迷惑；後來時間一小時一小時過去，他還是冷冰冰地躺在他的別墅裡，不言不語、無人理會，我才慢慢悟過來我之所以負責是因爲此外並無別人有興趣——我的意思是說，任何人身後多多少少總應該有親戚朋友表示關切，而他却一個都沒有。

我們發現他的屍體之後半小時內我就打電話給黛西，本能地、毫不遲疑地去通知她。但是她和湯姆早在那天中午以後已經出門了，還隨身帶了行李。

「沒留地址嗎？」

「沒有。」

「有沒有說幾時回來？」

「沒有。」

「究竟到哪兒去了？能不能告訴我怎樣可以跟他們接頭？」

「不知道，說不上來。」

我決心要去替他找一兩個人出來。我恨不得走到他躺着的那間屋子裡去安慰他說：「不要緊，蓋次璧，我替你找一兩個人來。你放心好了，我好歹也替你找一兩個人——」

電話簿裡沒有邁爾•吳夫山的名字。聽差把他百老滙辦公室的地址給我，我打到電話局詢問處，等到問清楚號碼時已經早過了五點，電話打過去沒人接。

「請你再搖一下好嗎？」

「我已經搖了三次了。」

「這是緊急的事。」

「對不起，我看那邊沒人接。」

我走回到客廳去看見滿屋子人，我一時還以爲是蓋次璧那班不速之客，後來才知道盡是官方派來的調查人員。他們掀開白褥子用驚恐的眼光看着蓋次璧，但他的聲音還是在我腦中苦苦央告：

「我說呀，老兄，你得替我找一兩個人來。你一定要幫幫忙。我不能就這樣孤零零地去啊。」

正在這時又有人來找我問話，我脫了身跑上樓去匆匆忙忙把他書桌上所有沒鎖的抽屜都拉開來看——他父母還在世與否他從來沒有確實地告訴過我。可是我什麼都找不到——只有牆上但•柯迪的那張相片，一雙眼睛看着你炯炯有光。

第二天早上我寫了一封信，派聽差進城送交吳夫山先生，信中除打聽消息外還請他務必搭下一班火車就來。我寫這幾行字時覺得這個請求似乎是多餘的。我心裡想，毫無疑問，一看見報紙吳夫山就會趕來的，正如我心裡毫無疑問，至遲在中午以前，黛西會有電報來——可是電報也沒來，吳夫山先生也沒來；什麼人都沒來，只有警察和攝影師及新聞記者越來越多。等到聽差從紐約回來把吳夫山的回信遞到我手裡時，我的心理已經變得有點不在乎的神氣，似乎蓋次璧和我兩人可以聯合起來，傲然對抗整個的世界。

卡拉威先生台鑒：噩耗傳來有如晴天霹靂，深感惋惜悲痛之至。該兇手瘋狂行爲實足令人猛省。鄙人現因要事羈身，未克遄來吊唁，抱歉之至。至於一切善後事宜，如有效勞之處，仍請由來人帶信示知爲荷。臨書不勝悲慟之至。耑復卽頌

大安

邁爾·吳夫山謹啓

信尾又匆匆附了一筆說：

再者關於喪禮等等一切祈告知、家屬毫無所知。

那天下午電話鈴響，說是芝加哥來的長途電話，我想這總該是黛西了吧。但等到接上了却是一個男人的聲音，很輕很遠的。

「喂，這是史雷格說話……」

「喂？」姓史雷格的，我從來沒聽說過。

「那封信眞豈有此理，你說是嗎？收到我的電報沒有？」

「沒收到什麼電報。」

「小派克倒了霉了，」電話裡的人快快地說。「他在櫃台上遞股票的時候給逮住了。剛剛五分鐘之前紐約有通電來上面開出股票的號碼。你看多麼厲害：這種鄉下地方，誰想到——」

「喂，喂！」我氣急敗壞地打斷了他的話頭。「且慢——這不是蓋次璧先生。蓋次璧先生去世了。」

電話那邊立刻不響，隔了好一會聽見一聲驚叫……接着刮達一聲就掛上了。

我記得大概是第三天，從明尼蘇達州一個小城來了一封電報，署名亨利C•蓋玆。上面只說發電人卽刻動身前來，喪事暫緩舉行等等。

來的是蓋次璧的父親，一位一本正經的老頭子，滿面愁容、手足無措的樣子，這樣暖和的九月天氣，他已經穿上一件又厚又長的蹩脚大衣。因爲興奮過度、他眼水直流，我從他手裡把他的皮篋和雨傘接過來，他用手不住拉他那撮花白鬍鬚，我幾乎沒法子幫他脫大衣。老頭累得差不多要坍倒的樣子，我只好把他帶到音樂室裡讓他坐下，一面我打發佣人去張羅一點吃的。但是他不肯吃什麼，一杯牛奶拿在手裡直哆嗦，幾乎倒翻了。

「我在芝加哥報紙上看到消息，」他說。「芝加哥的報紙一五一十全登了出來。我馬上就動身來的。」

「我沒法子通知你。」

他兩隻眼睛視而不見，可是不停地向屋子裡面到處轉。

「是一個瘋子幹的事，」他說。「那個人一定是瘋了。」

「你不想喝杯咖啡嗎？」我勸他。

「我什麼都不要。我現在好了，您這位先生貴姓——？」

「卡拉威。」

「唉，我現在好了。他們把傑米放在什麼地方？」

我把他帶到客廳裡他兒子靈柩停放的地方，讓他一人留在那裡。附近的小孩有幾個此刻跑到門前石階上探頭探腦往裡面望；等到我告訴他們來的人是誰，那羣小孩才不情不願地走掉。

過了不大的功夫蓋玆老先生把門開開走出來。他嘴巴張着，面頰紅閃閃的，眼眶裡老淚縱橫。他這大把年紀，死亡對他已經不是什麼了不起的大事，此刻他第一次向四週一望，看見廳堂樓閣如此富麗堂皇，他在悲傷之外又加上一種驚訝和驕傲。我扶着他上樓到一間臥室裡面休息；他一邊脫掉外衣和馬甲，我對他說一切後事還沒有辦，等他來決定。

「我不知道你有什麼計畫，蓋次璧先生——」

「我姓蓋玆。」

「哦——蓋玆先生。我在想你也許要把靈柩運回西部去。」

他搖搖頭。

「傑米在世的時候總是喜歡住在東部。他做到他今天這個地位也是在東部。你是不是我兒子的朋友，先生？」

「我們是很知己的朋友。」

「他是很有出息的，你知道。他年紀還輕，但是他很有腦力。」

他鄭重其事地用手點點腦袋，我也點頭同意。

「假使他活着的話，總有一天他會成爲一個大人物。像傑姆士J・希爾那樣的大人物。他會對國家的建設有貢獻。」

「這話不錯，」我一面附和一面有點不自在。

他笨手笨脚地想把床上的繡花被罩拉下來，然後硬綁綁地躺下身去——一倒頭便睡着了。

那天晚上電話又響，一個顯然很膽小的聲音在對方說話，一定要先知道我是誰才肯報名。

「我是卡拉威先生。」

「噢！」他似手鬆了一口氣。「我是克利普斯潑林格。」

我一聽是他心中也很高興。因爲蓋次璧安葬的時候又可以多一個朋友送送了。我不打算把出殯的消息登報，怕引起一大堆看熱鬧的人來，因此這兩天我就自己四處打電話通知幾個人。可是找人倒不容易。

「明天是出殯的日子，」我對他說。「下午三點，喪禮就在別墅裡舉行，請你帶一個信給其他朋友高興來參加的。」

「哦，好的，」他匆忙答應一聲。「不過我不見得會碰到什麼人。假使碰到的話，一定——」

他的語氣有點靠不住，我追問一句：

「你自己當然是來的。」

「噢，我一定想法子來。我打電話來是要問——」

「別忙，」我不等他說完就插嘴說。「先答應我一聲你來如何？」

「是這樣的——老實跟你說是這樣一個局面，我現在是在格林維治鎭朋友家做客，這些朋友多少指望我明天陪他們。他們準備去野餐什麼的。當然我走得開一定來。」

我聽他這樣說忍不住叫了一聲「嚇！」他在電話線那頭一定聽到了，接着戰戰兢兢地說：

「我打電話來是要問，有沒有人看見我留下來的一雙網球鞋。不知道能不能麻煩你讓聽差寄到這裡來給我。你知道，沒有網球鞋我簡直毫無辦法。我的地址是康湼狄格州——」

我不等他說完就把聽筒掛上了。

經過這次的電話之後我替蓋次璧感覺到一種恥辱——又有一位朋友我打電話去邀他時竟然表示蓋某人是死有應得的。不過這是怪我自己不好，不應該打給這位仁兄，因爲蓋次璧生前他是許多客人之中仗着主人的酒最公開瞧不起主人的一位。

到了出殯的那天，我一大早趕到紐約去找邁爾•吳夫山，因爲用別的方法似乎總找不到他。在開電梯的指點之下，我推開一扇門，門上寫的是「卍字企業股份有限公司」。裡面起先好似沒有人，我高聲喊了幾聲「喂！」也沒人囘答，忽然裡面隔着一層板壁傳出爭辯的聲音，接着一個很美的猶太女人在通道裡面的一扇門口出現，用含有敵意的黑眼珠打量着我。

「沒人在，」她回我說。「吳夫山先生到芝加哥去了。」

她的前半句話顯然是撒謊，因爲正在此時隔着板壁有人吹起口哨來，吹的是一隻流行歌曲「唸佛珠」，但全走了音。

「請說一聲，卡拉威先生想見一見他。」

「我又不能把他從芝加哥叫回來。」

正在這時隔壁有人喊了一聲「史泰娜！」——毫無疑問是吳夫山的聲音。

「你可以把名字留下來，」她快快地說。「等他回來我告訴他。」

「我知道他在裡面。」

她向我面前邁了一步，兩手叉腰，氣沖沖地說：

「你們這班年輕人眞不懂規矩，不管三七二十一就來亂闖，」她罵起來。「眞叫人討厭！我說他在芝加哥，他就在芝加哥。」

我提了一提蓋次璧的名字。

「哦——呵！」她馬上換了一副眼光把我打量了一下。「請你等——你貴姓？」

她一溜煙進去報告，一會功夫吳夫山很嚴肅地在門口出現，兩手向前伸着。他把我拉進他的辦公室，一面用虔誠的口吻說在這種時候我們大家心裡都難過，一面敬我一支雪茄。

「我還記得當初我第一次見到他的情形，」他說。「年紀輕輕的陸軍少校軍官，剛退伍出來，胸口掛滿了勳章，他那時窮得一天到晚穿軍服因爲沒錢買便裝。我第一次見到他是那天他跑到四十三街懷恩伯納開的彈子房找事做。他兩天沒吃飯，我就說『來，跟我一同吃午飯，我們談談』。結果不到半個鐘點他吃了四塊多錢的午飯。」

「這樣說來，是你提拔他的？」我問他。

「提拔他！我是一手栽培他起來的。」

「噢。」

「我把他從一個街上的小癟三栽培到今天的地位。我一落眼就看出來他是一表人才，彬彬有禮的，後來他告訴我他是牛津畢業的我更知道我可以重用他。我叫他加入了『美國退伍軍人協會』，他在裡面有一陣子搞得挺有勢力。他一上來就幫我在奧本尼的一個主顧辦了一件事。眞是個人才。我們那時同出同進什麼事都在一起」——他一面說一面伸出兩個肥指頭做出相依爲命的手勢——「就像這樣，什麼事都在一起。」

我心裡想，一九一九年「世界棒球錦標聯賽」那個大舞弊案不知道是否也是他們兩人搭擋的成果。

隔了半晌我說：「現在他死了。你是他生前最知己的朋友，我知道今天下午你一定會來送葬的。」

「我很想來。」

「那末，就來好了。」

他鼻孔裡的毛微微顫動，眼眶裡汪着眼淚，搖了搖頭。

「我不能來——我不能捲進這類的事情，」他說。

「沒有什麼事可以捲進去的。事情都過去了。」

「凡是人命案子我總不願意捲在裡面。我離得遠遠的。我年輕的時候當然不同——如果一個朋友被人害死，不管怎樣我總是幫忙到底，有始有終，也許你會認爲那種做法太儍，但是我不騙你——不管死活我就是這樣的夠朋友，一直幫忙到底。」

我可以看出來他自有他的原因決意不來，所以我也不再勉强，站起來告辭。

「你是不是大學畢業的？」他忽然問了一句。

我一時以爲他又要提議跟我「發生什麼干係」，可是他並沒開口，只點點頭和我拉拉手。最後他給我幾句臨別贈言道：

「我們大家都應當記住，要幫忙要在朋友沒死之前，不要等到死掉之後。死掉之後我個人的規矩是少管閒事。」

我離開吳夫山的辦公室時天色變了，等到回到西卵已經下着毛毛雨。我回家換了一身衣服再到隔壁去，只見蓋茲老先生興沖沖地在穿堂裏走來走去。他對於他兒子的事業和財產越來越感覺得意，此刻他急於要給我看一件東西。

「你瞧，」他手抖抖地從胸口掏出一隻錢包，「傑米在世的時候寄來給我的這張照片。」

照片上照的就是這所別墅，經過許多人的手傳觀看已經有點汚損，四角也破裂了。他很興奮地把照片上每一個值得注意的小地方都指出來給我看，一面說「你瞧！」一面看我眼中有沒有同樣讚賞的意思。他顯然把這張照片逢人炫耀，我相信現在在他眼中照片裏的別墅可能比眞的別墅還要眞。

「這是傑米寄給我的。這是一張很美的照片。照得很清楚。」

「是的，很清楚。你近幾年來有沒有跟他見過面？」

「兩年以前他回來看了我一次，並且替我買下一所房子，就是我現在住的。當然，他從前離開家跑掉的時候我們很傷心，但是我現在明白他那樣做是有道理的。他知道他自己前程遠大。後來他發達之後一直待我很好。」

他似乎不願意把那張照片放回去，拿在我面前希望我細細欣賞。過了一會他把錢包藏好，又從衣服口袋裏掏出一本破破爛爛的舊書，書名是「牛仔凱西弟」。

「你瞧瞧，這本書是他小時候看的。眞可見得。」

他把書本的封底翻開，掉轉過來讓我看，在封底的裏頁上有幾行寫得端端正正的鉛筆字，上端是「時間表」三字和一九〇六年九月十二號的日期。下面寫的是：

早六點起床

六點十五——六點三十　啞鈴體操，爬牆演習

七點十五——八點十五　學習電機及其他科目

八點三十——下午四點三十　工作

四點三十——五點　棒球及其他運動

五點——六點　練習演說，社交禮節等等

七點——九點　研究有用的新發明

個人戒條

不再荒廢時間去沙福特或〔另一家店名，字跡不清〕

不再吸烟或嚼淡巴菰

每隔一天洗澡

每星期讀有益的書一本或雜誌一種

每星期儲蓄五元〔塗改爲〕三元

對父母態度改好

「我無意中發現這本書，」老頭說。「眞可見得，你看？」

「眞可見得。」

「我早就料到傑米會發達的。他從小總是約束自己、勉勵自己上進、什麼的。你注意沒有，他在這裏寫的勉勵自己讀有益處的書？他從小就有這種志氣。有一次他當面批評我吃東西像豬一樣，我把他痛打了一頓。」

他捨不得把這本書闔起來，他把他兒子所寫的一條一條又大聲唸了一遍，然後眼巴巴地朝我望着。我看他恨不得我也把那些戒條抄下來做我自己的守則。

三點差幾分的時候從福萊與市請來的一位路德教會牧師到了，我開始不由自主地頻頻向外望，看看有沒有別的車子來。蓋次璧的老爹也在期待着。時間一分鐘一分鐘過去，一會兒佣人都進來在穿堂裏站着等候，他焦急起來兩眼直眨，又顧慮外面的雨、說不知要下多久。牧師先生已經看了幾次錶，我只好把他拉到一旁，請他再等半個鐘頭。但是還是沒用。始終沒人來。

大約五點鐘左右我們一行三輛車開到墳地，在大門旁密密的小雨中停下來——第一輛是靈車、又黑又濕，第二輛轎車坐的是蓋玆先生、牧師和我，第三輛跟在後面一點的是四五名佣人和西卵鎮的郵差、坐在蓋次璧的旅行車裏，大家下了車都淋得像落湯鷄。我們正走進墳場大門時我聽見後面又有一輛車停下來的聲音，接着一陣脚步踹着浸濕的草地在我們後面追上來。我回頭一看，原來是戴貓頭鷹眼鏡、三個月前一天晚上蓋次璧藏書室裏發現眞書而嘆爲觀止的那位。

自從那晚邂逅之後我沒再見過他。我不知道他怎樣會知道今天來送葬的，連他的姓名我都不清楚。雨在他眼鏡的厚玻璃上流下來，他把眼鏡摘下用手絹擦一擦再戴上去，看工人把擋水的帆布捲起來，下面就是蓋次璧的墳。

在這一刻功夫我的思潮轉回到蓋次璧，可是他已經離開我們太遠了，我只記得黛西連一個字、一朶花都沒有來，然而我心中並不懷恨。在模糊之中我聽見有人喃喃唸道：「願上帝祝福，恩澤降於死者，」跟着貓頭鷹先生鼓起勇氣大聲和道：「阿們！」

我們幾個人零零落落地在雨中跑回停車的地方。到了大門口貓頭鷹跟我說了幾句話。

「很抱歉，我沒有能夠趕到別墅來弔喪，」他道。

「沒關係，沒有一個人能來。」

「眞的！」他不能置信。「我的上帝！他人活着的時候客人一來就幾百。」

他又把眼鏡摘下來，把玻璃裏外都擦了一擦，然後說：

「他媽的，死得可憐！」

我一生腦海中最鮮明的記憶就是中學住堂的時代，以及後來大學時代，每年聖誕節回家的情景。那是十二月的一天晚上六點左右，在芝加哥那座古老、黑黑的聯邦街車站。同車的有在芝加哥換車的，大家下來匆匆忙忙跟家住在芝加哥的同學們話別，只見他們已經被過節的歡娛氣氛包圍了，我記得車站裏一羣一羣穿皮大衣從東部某某私立女塾回來的女學生，記得大家見了熟人個個興高采烈，彼此招手呼喚，搶着談話，天冷得噴出氣來都凝結了，你一嘴我一舌地討論寒假中的社交節目——「奧德偉家請客你去嗎？侯希家呢？舒爾兹家呢？」又記得每人手上戴着厚厚的手套，緊握住一長條綠色的火車票。最後記得在月臺上看見芝加哥•聖保羅鐵路的車子，不清不楚的黃色客車一排停在另一條軌道上，一看就感覺有聖誕節的氣象。

火車向寒冬的黑夜裏開動，車窗外面白雪皚皚，道地的雪，我們家鄉的雪，在火車兩邊一望無際的展開，一路威士康辛州的小車站燈火如豆，急速地在眼邊掠過。從餐車吃完晚飯回到自己坐位時走過兩節火車中間忽然覺得寒氣逼人，我們深深地呼吸一口，精神爲之一振，在這神奇的一小時中心裏說不出來地敏感，我們是千哩迢迢的遊子返回故鄉了。

這就是我的中西部故鄉——不是麥田、草原或瑞典移民的荒凉村鎮，而是我少年時代放學歸家的火車，是冰天雪地在黑夜裏看到隱約的街燈，聽見雪車的叮叮鈴響，家家戶戶掛的聖誕冬青葉影被窗內的燈火映在雪地上。這就是我的出身、我的背景。漫長的冬天使我的性情有一點嚴肅；我家住宅按照本地規矩大家都管叫「卡拉威府」，我從小在「卡府」長大、態度上也不免有一點自滿。我現在才看出來，我以上所講的這個故事究竟可以算是美國西方的故事——湯姆和蓋次璧、黛西和喬登和我自己，我們都是西方人，也許我們有什麼共同的缺陷使我們無形中不能適應東部的生活。

在東部住，卽使最令我興奮的時候，卽使令我最敏銳地感覺跟家鄉比起來是多麼好、多麼「帥」——眞的，一過了奧亥俄河往內地走，在那些地曠人稀，氣魄狹小的城鎭裏，你就會悶得透不過氣來，只要你不是太老或太小就會整天被人做談話的資料和審鞫的對象——可是卽使如此，我總覺得東部的生活有一點畸形。尤其是西卵那個地方，每每我做起怪夢來還是夢見那裏。在我的夢中，這個小鎭就像是西班牙畫家葛雷科的一幅夜景：上百所住宅，又很平常又有點古怪，一所一所蹲在陰沉沉的天空和黯然無光的月亮之下。在畫面上前邊有四個穿大禮服的男人嚴肅地抬着一架綳床，床上躺着一個一身白色晚禮服的女人，喝得爛醉如泥。她一隻手在身旁拖下來，手上亮晶晶冷冰冰的戴滿了鑽石。那四個人很嚴肅地抬着女人走進一所房子——走錯了地方，並不是這所房子。但是沒人知道這個女人的姓名，也沒有人關心。

蓋次璧死後東部在我心目中就是這樣鬼影幢幢，畸形得令我再也看不眞它的輪廓。因此等到入秋家家枯葉燒成藍煙、剛洗出來的衣裳在寒風裏刮得挺硬的季節，我就決定回家了。

在我離開之前還有一件未了的事，一件相當尷尬、不愉快、也許應當不了了之的事。但是我喜歡什麼事都收拾得乾乾淨淨，不要丟下尾巴，不清不楚的、指望茫茫大海來幫我沖掉。於是我去見了喬登·貝克，把我們兩人來往的經過前前後後轉彎抹角地再談了一次，然後又談到後來我所遭遇的事。她只是躺在一隻大沙發椅中靜靜地聽着，一動也不動。

她穿的一身打高爾夫球的裝束，我記得我心裏想她活像一幅美麗的雜誌畫圖，她的下頷翹起來、一副蠻不在乎的神氣，她頭髮像秋葉的顏色，臉皮淺棕色。跟放在她膝蓋上那雙打球的手套一樣。等我把話講完之後，她別的話沒說只告訴我她已經跟另外一個人訂了婚。我其實不相信她的話——雖然我知道有好些人在追求她，只消她一點頭隨時都可以結婚的——但是我假作驚訝。在極短的一剎那間我心裏想自己是否鑄成大錯，可是趕快再一轉念就站起來跟她告別。

「不管怎樣，是你刷掉我的，」喬登忽然又說。「你那天在電話上把我刷了一個大整個。我現在是不在乎了，可是當時那種經驗倒是生平第一次，隔了好一陣子腦子才清醒。」

我們彼此拉拉手。

「哦，你還記得嗎?」——她又加了一句——「有一次我們談到開車的問題?」

「啊——記不清了。」

「你對我說一個開車不小心的人、只要別人小心還沒有關係，要是碰上另外一個開車的也不小心、那末就不保險了。記得嗎？你看，我這次想不到碰上你也是一個開車不小心的。總算我倒霉，怪我自己不小心認錯了人。我起先還當你是一個老實、直爽的人。我以爲那是你自己做人的守則。」

「我今年三十歲了，」我回她說。「五年以前也許我還會自欺欺人，假裝是你負我。」

她沒有再回答。我只好轉身走開，心裏又氣又惱，對她還有幾分依依不捨，同時非常的失望。

十月底一天下午我又看見湯姆・勃堪能一次。他在五馬路上走在我面前，還是像從前那樣很機靈而帶着衝勁，走起路來兩手在身子前面擺動好像賽足球時要打退對方的守衞一樣，同時把頭忽左忽右地配合着他那雙骨碌碌的眼睛轉動。我正要打住自己的脚步免得趕上他，他在一家珠寶店面前停下來蹙住眉頭向橱窗裏看。忽然間看見了我，他走回幾步伸出手來。

「尼克，幹嗎？你不願意跟我拉手嗎？」

「對。你自己應該知道我當你什麼樣的人看。」

「你發瘋了，尼克，」他急忙分辯。「簡直發瘋了。我不明白你對我有什麼成見。」

「湯姆，」我問他，「那天下午你對韋爾生說了什麼話來？」

他對着我瞠目結舌，一句話都沒有，我心裏有數，我當時猜想，韋爾生那天下午沒人看見的那幾個鐘頭之內不知道發生了什麼事，果然猜對了。我掉頭就走，可是他緊跟上來，一把抓住我的胳臂。

「我對他說的是實話，」他道。「他找到我們家門口，正在我們準備離開的時候，我差人下來告訴他沒人在家，可是他已經要用蠻力衝上樓來。在他那種瘋狂的情形之下，他大可以一槍把我打死，要是我不告訴他那部汽車是誰的。他一進大門手就放在口袋裏，握住一把槍——」他講到這裏忽然改變了口吻，頑强地道：「就算我告訴了他又怎樣？那個傢伙自己找死。他把你也矇騙了、就像他矇騙黛西一樣，可是他心也眞狠，他撞死梅朵就像撞死了一條狗一樣，車子停都不停。」

我無話可說，除了我心裏想說而說不出來的一句話——「事情不是這樣的。」

「你不知道，我的苦也吃夠了——我告訴你，我後來去退掉那間公寓，走進門一眼就看見那盒倒霉的狗吃的餅乾還放在桌上，我忍不住坐下來像小孩一樣大眉大眼地哭起來了。他媽的，我好難受——」

我不能寬恕他、也不能同他做朋友，但是我可以看出來他所做的事，在他自己眼中，是完全有理的。這件事從頭到尾很粗心、很亂。湯姆和黛西，他們這班人都是粗心的——他們砸碎了東西、撞死了人，然後縮回到他們自己的錢堆或者他們臭味相投的朋友當中，彼此漫不經心，丟下來的爛汚讓別人去收拾……

我於是跟他拉了拉手；似乎犯不着跟他鬪氣了，因爲我忽然覺得自己是在跟一個小孩子說話。後來他走進那家珠寶店——也許去買一串珍珠項鍊、也許只是一副袖扣——就此把我這鄉下佬的良心責備撵到九霄雲外了。

等到我離開的時候蓋次璧的別墅還是空着——他園子裏的草長得跟我的一樣長了。鎭上出租汽車車夫當中有一個每次開客人經過蓋次璧的大門總要把車停下來用手向裏面指指點點；也許出事的那天夜裏開車送黛西和蓋次璧回東卵的就是這個車夫，也許憑了這點他可以源源本本地交代出一個與衆不同的故事。無論如何，我不要聽他怎樣講，每次我從城裏回來在車站看見他我總是躲開。

那幾個星期每星期六晚我總是到紐約去過，因爲蓋次璧生前週末請客那些活龍活現的景象我記憶猶新，我耳朶裏仍然聽到一片片音樂聲和歡笑聲，微微地從他園子裏不斷飄來，還有客人的汽車在他的石子道上開來開去。有一晚我聽見眞有一部汽車在他門口出現，看見車燈照在他臺階上。但是我並未走過去探問。大概是哪一位碩果僅存的客人，剛從天涯海角倦遊歸來，還不知道蓋次璧的筵席已經散了。

我臨動身前的那天晚上，箱子已經摒擋好，車子已經賣給鎭上的雜貨店老板，我走過去向那座龐大的、象徵失敗的房子做最後一次的巡禮。白大理石的臺階上不知道那個頑童用磚頭塗了一個不堪入目的字，映在月光裏分外觸目。我用脚把它擦掉，鞋子刮在石頭上沙沙作響。後來我又信步走到海邊，仰天躺在沙灘上。

沿着海灣一帶許多濶人的夏季別墅現在都關閉了，四週幾乎沒有燈火，除了偶爾見到渡船上閃動的燈光。等到明月升到高空，地面上這些微不足道的房屋漸漸消逝，在我眼簾中出現了一個古老的島岸——當年荷蘭航海家眺望到的林木葱葱的一塊新大陸。在這裏的樹木——後來被砍掉、讓出地皮來爲蓋次璧造別墅的——一度隨風吹動，低聲酧答人類最終的目的、最大的美夢。就在那玄妙的一剎那，人們面對這個新大陸一定屏息驚異，莫名其妙，不由自主地暗自嘆賞。那是人類有史以來最後一次有機會面對這種值得欣賞的奇景。

我坐在沙灘上一面思潮湧回到那古老、旣失的世界一面想到蓋次璧第一次認出對岸黛西那盞綠燈的時候，一定也有同等的驚奇。他好容易歷盡甘苦來到這片青草地上，他的夢似乎近在眼前，一伸手就可以掌握。他所不知道的是，他所追求的早已丟在背後，老遠老遠的，在紐約城那邊寂寂無聞的地方，在漫漫長夜、一望無際的美國田野中。

蓋次璧一生的信念就寄託在這盞綠燈上。對於他這是代表未來的極樂仙境——雖然這個目標一年一年在我們眼前往後退。我們從前追求時曾經撲空，不過沒關係——明天我們會跑得更快一點，兩手伸得更遠一點……總有一天——

於是我們繼續往前掙扎，像逆流中的扁舟，被浪頭不斷地向後推。

《世界文學名著》

羅蘭之歌	佚名	957-551-600-1	300 元
熙德之歌	佚名	957-551-599-4	300 元
坎特伯利故事集	喬叟	957-551-622-2	400 元
魯濱遜飄流記	狄福	957-551-630-3	150 元
莫里哀喜劇六種	莫里哀	957-551-602-8	450 元
天路歷程	班揚	957-551-601-X	300 元
憨第德	伏爾泰	957-551-623-0	200 元
少年維特的煩惱	歌德	957-551-603-6	150 元
達達蘭三部曲	都德	957-551-676-1	400 元
紅與黑	斯湯達爾	957-551-605-2	300 元
普希金詩選	普希金	957-551-631-1	450 元
黛絲姑娘	哈代	957-551-606-0	250 元
拜倫詩選	拜倫	957-551-684-2	500 元
雪萊抒情詩選	雪萊	957-551-683-4	300 元
包法利夫人	福婁拜	957-551-607-9	200 元
酒店	左拉	957-551-609-5	250 元
娜娜	左拉	957-551-608-7	250 元
僞幣製造者	紀德	957-551-632-X	200 元
窄門	紀德	957-551-610-9	150 元
審判	卡夫卡	957-551-674-5	200 元
湖濱散記	梭羅	957-551-611-7	200 元
大亨小傳	費滋傑羅	957-551-624-9	150 元
熊	福克納	957-551-612-5	100 元
太陽石	帕斯	957-551-687-7	400 元
一九八四	歐威爾	957-551-698-2	150 元
地下室手記	杜斯妥也夫斯基	957-551-614-1	150 元
復活	托爾斯泰	957-551-691-5	250 元
里爾克詩集(I)	里爾克	957-551-625-7	250 元
里爾克詩集(II)	里爾克	957-551-679-6	350 元
里爾克詩集(III)	里爾克	957-551-680-X	250 元
權力與榮耀	葛林	957-551-615-X	150 元
湯姆叔叔的小屋	史托夫人	957-551-675-3	450 元
紅字	霍桑	957-551-692-3	150 元
卡里古拉	卡繆	957-551-634-6	150 元
茵夢湖	施篤姆	957-551-686-9	100 元
燃燒的地圖	安部公房	957-551-626-5	150 元
一位年輕藝術家的畫像	喬埃思	957-551-694-X	200 元
查泰萊夫人的情人	勞倫斯	957-551-994-9	300 元
波赫斯詩文集	波赫斯	957-551-616-8	200 元
麥田捕手	沙林傑	957-551-696-6	150 元

鐵皮鼓	葛拉軾	957-551-681-8	500 元
貓與老鼠	葛拉軾	957-551-673-7	200 元
達洛衛夫人・燈塔行	吳爾芙	957-551-672-9	400 元
誰怕吳爾芙	阿爾比	957-551-685-0	200 元
我是貓	夏目漱石	957-551-695-8	250 元
佛蘭德公路・農事詩	西蒙	957-551-688-5	450 元
朱利的子民	葛蒂瑪	957-551-677-X	400 元
爲亡靈彈奏	賽拉	957-551-689-3	400 元
天方夜譚(上)	佚名	957-551-693-1	550 元
天方夜譚(下)	佚名	957-551-693-1	(不分售)
小偷嘉年華會・美狄亞	阿努伊	957-551-734-2	200 元
獵人日記	屠格涅夫	957-551-735-0	200 元
失樂園	密爾頓	957-551-736-9	550 元
美麗新世界	赫胥黎	957-551-737-7	200 元
吉姆爺	康拉德	957-551-738-5	200 元
白鯨記	梅爾維爾	957-551-739-3	350 元
十日談	薄伽丘	957-551-740-7	400 元
韓波詩文集	韓波	957-551-777-6	250 元
蒙塔萊詩選	蒙塔萊	957-551-778-4	300 元
荒原狼(荒野狼)	赫塞	957-551-779-2	150 元
齊瓦哥醫生	巴斯特納克	957-551-780-6	400 元
死靈魂	果戈里	957-551-781-4	250 元
盧布林的魔術師	以撒・辛格	957-551-782-2	250 元
赫索格(何索)	索爾・貝婁	957-551-783-0	400 元
暗夜行路	志賀直哉	957-551-784-9	200 元
玉米人	阿斯圖里亞斯	957-551-816-6	350 元
不敗者	福克納	957-551-817-9	300 元
有產者	高爾斯華綏	957-551-818-7	350 元
大盜巴拉巴・侏儒	拉格奎斯特	957-551-819-5	350 元
明娜	吉勒魯普	957-551-820-9	300 元
磨坊血案	吉勒魯普	957-551-821-7	350 元
西線無戰事	雷馬克	957-551-822-5	150 元
人性枷鎖	毛姆	957-551-823-3	450 元
浮華世界	薩克來	957-551-834-9	350 元
印度之旅	佛斯特	957-551-835-7	200 元
戰地春夢	海明威	957-551-836-5	200 元
威廉・泰爾	席勒	957-551-837-3	250 元
魔山(上)	湯瑪斯・曼	957-551-839-X	250 元
魔山(下)	湯瑪斯・曼	957-551-840-3	250 元
海涅詩選	海涅	957-551-851-9	400 元
咆哮山莊	白朗特	957-551-852-7	200 元
蒼蠅王	高汀	957-551-853-5	300 元
巴比特	路易斯	957-551-854-3	400 元
夜未央	費滋傑羅	957-551-855-1	200 元

馬拉美詩選	馬拉美	957-551-862-4	150 元
魏崙抒情詩一百首	魏崙	957-551-863-2	200 元
雪國	川端康成	957-551-986-8	150 元
伊甸園東	史坦貝克	957-551-865-9	450 元
出殯現形記	福克納	957-551-842-X	250 元
戈爾德思劇作選	戈爾德思	957-551-969-8	350 元
基督山恩仇記(上)	大仲馬	957-551-844-6	250 元
基督山恩仇記(下)	大仲馬	957-551-845-4	250 元
高老頭	巴爾札克	957-551-896-9	200 元
瘟疫	卡繆	957-551-897-7	200 元
契訶夫小說選	契訶夫	957-551-898-5	400 元
城堡	卡夫卡	957-551-903-5	200 元
戰地鐘聲	海明威	957-551-904-3	300 元
華滋華茨抒情詩選	華滋華茨	957-551-899-3	500 元
濟慈詩選	濟慈	957-551-900-0	400 元
老憨出洋記	馬克・吐溫	957-551-902-7	450 元
妒	霍格里耶	957-551-997-3	200 元
窺視者	霍格里耶	957-551-995-7	250 元
希臘左巴	卡山扎契斯	957-551-993-0	300 元
聶魯達詩精選集	聶魯達	957-551-999-X	300 元
千羽鶴	川端康成	957-551-985-X	150 元
古都	川端康成	957-551-984-1	200 元
辛波絲卡詩選	辛波絲卡	957-730-029-4	200 元
女僕	惹內	957-730-040-5	100 元
罪與罰	杜斯妥也夫斯基	957-730-043-7	650 元
伊底帕斯王	索發克里斯	957-730-094-4	200 元
暴風雨(台英對照版)	莎士比亞	957-730-203-3	200 元
鵝掌女王烤肉店	法朗士	957-730-209-2	300 元
街魂(上)	納吉布	957-730-210-6	350 元
亨利・詹姆斯中篇小說選	亨利・詹姆斯	957-730-211-4	350 元
街魂(下)	納吉布	957-730-230-0	300 元
海鷗・櫻桃園	契訶夫	957-730-233-5	200 元
凡尼亞舅舅・三姐妹	契訶夫	957-730-234-3	200 元
昂朵馬格	拉辛	957-730-237-8	150 元
勃里塔尼古斯	拉辛	957-730-236-X	150 元
費德爾	拉辛	957-730-235-1	150 元
山之音	川端康成	957-730-239-4	300 元
聲音與憤怒	福克納	957-730-238-6	350 元
老人與海	海明威	957-730-249-1	100 元
法蘭西詩選	波德萊爾等	957-730-262-9	250 元
普魯士之夜	索忍尼辛	957-730-263-7	200 元
父與子	屠格涅夫	957-730-269-6	300 元

浮士德	歌德	957-551-604-4	450 元
野性的呼喚	傑克・倫敦	957-730-277-7	150 元
小王子(彩色版)	聖修伯里	957-730-280-7	150 元
春天坐馬車來	橫光利一	957-730-279-3	250 元
卡門	梅里美	957-730-283-1	100 元
嘉莉妹妹	德萊塞	957-730-284-X	450 元
浮士德博士悲劇史	馬婁	957-730-287-4	150 元
簡愛	勃朗蒂	957-730-288-2	400 元
茶花女	小仲馬	957-730-291-2	250 元
魯拜集	奧瑪・開儼	957-730-289-0	150 元
傲慢與偏見	奧斯汀	957-730-293-9	250 元
海狼	傑克・倫敦	957-730-311-0	250 元
白睡蓮----法國散文詩精選	韓波等	957-730-317-X	150 元
異鄉人	卡繆	987-730-319-6	150 元
地糧	紀德	957-730-380-3	200 元
羅生門	芥川龍之介	957-730-321-8	200 元
地獄變	芥川龍之介	957-731-322-6	200 元
河童	芥川龍之介	957-730-323-4	200 元
里爾克書信集	里爾克	957-730-339-0	200 元
里爾克傳	侯篤生	957-730-343-9	200 元
草葉集	惠特曼	957-730-340-4	200 元
磨坊文札	都德	957-730-393-5	250 元
比利提斯之歌	彼埃・魯易	957-730-345-5	200 元
法蘭妮與卓依	沙林傑	957-730-386-2	200 元
沙林傑中篇小說選	沙林傑	957-730-418-4	200 元
九個故事	沙林傑	957-730-439-7	200 元
伊歐涅斯柯戲劇精選集	伊歐涅斯柯	957-730-395-1	200 元
阿赫瑪托娃抒情詩選	阿赫瑪托娃	957-730-415-X	200 元
約翰・克利斯朵夫（一）	羅曼・羅蘭	957-730-464-8	250 元
約翰・克利斯朵夫（二）	羅曼・羅蘭	957-730-465-6	250 元
約翰・克利斯朵夫（三）	羅曼・羅蘭	957-730-466-4	250 元
約翰・克利斯朵夫（四）	羅曼・羅蘭	957-730-467-2	250 元
新月集・飛鳥集	泰戈爾	957-730-458-3	150 元
卡拉馬助夫兄弟們（上）	杜斯妥也夫斯基	957-730-471-0	300 元
卡拉馬助夫兄弟們（下）	杜斯妥也夫斯基	957-730-472-9	300 元
安娜・卡列尼娜（上）	托爾斯泰	957-730-494-X	350 元
安娜・卡列尼娜（下）	托爾斯泰	957-730-495-8	300 元
巨人傳(上)	拉伯雷	957-730-517-2	350 元
巨人傳(上)	拉伯雷	957-730-518-0	350 元
希臘羅馬神話故	漢米爾頓	957-730-485-0	300 元
雙城記	狄更斯	957-730-481-8	300 元

國家圖書館出版品預行編目資料

大亨小傳 / 費滋傑羅 (F. Scott Fitzgerald)著; 喬志高譯 ; 梁耀南 導讀. -- 初版. - - 臺北市 : 桂冠, 1993[民 82] 面 ; 公分. -- （桂冠世界文學名著 22）

譯自 : *The great gatsby*

ISBN : 978-957-551-624-6 (平裝)

874.57 82001283

87022

◆桂冠世界文學名著 22

大亨小傳 （*The great gatsby*）

作　　者／ 費滋傑羅 (F. Scott Fitzgerald)
譯　　者／ 喬志高譯 ; 梁耀南 導讀
出 版 者／ 桂冠圖書股份有限公司
總 經 銷／ 科技圖書股份有限公司
地　　址／ 台北市忠孝西路一段 50 號 17 樓之 35 室
電話：(02)2370-7080 · 傳真：(02)2370-6160
網址：http://www.techbook.com.tw/
電子郵件：books@techbook.com.tw
郵撥帳號：0015697-3
發 行 所／ 成陽出版股份有限公司
電話：03-3589000 · 傳真：03-3556521
地址：桃園市春日路 1492 號 4 樓之 8
印　　刷／ 海王印刷事業股份有限公司
電話：02-22651491 · 傳真：02-22659661
版　　次／ 2013 年 4 月
定　　價／ 新台幣 150 元
ＩＳＢＮ／ 978-957-551-624-6 (平裝)